21世纪

中国当代科幻小说选

小活宝
碧海探奇

金涛 **主编** 张静 **著**

广西科学技术出版社

图书在版编目（CIP）数据

小活宝碧海探奇 / 张静著. —南宁：广西科学技术出版社，2012.7（2020.6 重印）

（21 世纪中国当代科幻小说选 / 金涛主编）

ISBN 978-7-80666-080-5

Ⅰ.①小… Ⅱ.①张… Ⅲ.①科学幻想小说—中国—当代 Ⅳ.①I247.5

中国版本图书馆 CIP 数据核字（2012）第 151968 号

小活宝碧海探奇
XIAOHUOBAO BIHAI TANQI

张静 著

责任编辑	黎　坚		**封面设计**	叁壹明道
责任校对	杨红斌		**责任印制**	韦文印

出 版 人　卢培钊

出版发行　广西科学技术出版社

（南宁市东葛路 66 号　邮政编码 530023）

印　　刷　永清县晔盛亚胶印有限公司

（永清县工业区大良村西部　邮政编码 065600）

开　　本　700mm×950mm　1/16

印　　张　12

字　　数　161 千字

版次印次　2020 年 6 月第 1 版第 4 次

书　　号　ISBN 978-7-80666-080-5

定　　价　23.80 元

本书如有倒装缺页等问题，请与出版社联系调换。

序

我是主张学生的课外阅读面要宽一些的，除了看中外文学的经典著作，不妨也涉猎一点科幻小说。

有人会问：阅读科幻小说有什么益处呢？

这不禁使我想起不久前看到的一则有趣的报道。这篇报道发表在2000年5月13日的《北京青年报》，题目是《从科幻小说中寻求航天新技术》，全文不长，照录如下：

科幻小说里的超光速旅行和弯曲空间大概还要继续作为幻想存在下去，但另外一些奇思妙想却可能走出小说，成为现实。欧洲航天局正从科幻小说中寻找灵感，研究新的航天探索技术。

据此间新闻媒介报道，欧洲航天局组织了一批读者，从科幻小说中寻找可能有价值的设想，然后交给科学家评估，研究这些设想能否用于未来的空间探索任务。欧洲航天局还欢迎广大科幻爱好者提供有创意的想法。

欧洲航天局"从科幻小说到空间探索创新技术项目"协调人大卫·雷特博士介绍说，事实已经证明，科幻小说中的部分设想确实具有实用价值。

19世纪80年代，现代电子技术还没有出现，就有人提出传真机的设想；1928年，行星着陆探测器出现在科幻小说里；1945年，小说

家设计出了供宇航员长期生活、从地面由航天飞机定期运送补给的空间站；20世纪40年代的一部著名卡通片里，大侦探使用的手表既是可视电话，又是照相机。这些设想在刚刚问世时不易被理解，但随着技术进步，它们陆续变成了现实。

英国华威大学的数学教授兼科幻小说家伊恩·斯图尔特说，美国航空航天局也经常向科幻小说作者咨询，征求创新设想。美国航空航天局甚至在进行一个"突破推进物理学项目"，希望最终研制出能使航天器速度接近光速的新型引擎。

这则报道之所以引起我的兴趣，首先在于它富有说服力地澄清了长期以来对科幻小说的误解，那种轻率地指责科幻小说纯系胡思乱想的说法是毫无根据的。我们虽然还不知道欧洲航天局究竟从哪位作家的哪一部作品中获得了灵感，但是无可争辩的是，科学技术专家并非是要从科幻小说中寻找计算公式或者燃料配方，而是"有创意的想法"，而这正是科幻小说最具有生命力最有价值的所在。

不仅如此，这则报道还说明，科学技术专家有时候也需要求助于文学家。实际上，在科学技术的发展历程中，不少科学家、发明家曾经受惠于科幻小说的启迪，从科幻小说中获取创造发明的灵感。法国科幻小说大师儒勒·凡尔纳的《海底两万里》中描写了尼摩船长的潜艇"鹦鹉螺号"，这在当时是根本不可能的。但是凡尔纳有关潜艇的科学构想，却是一个天才的富有创意的预言。因此，美国发明家、号称"潜艇之父"的西蒙·莱克（1866～1945年）在回忆录中说："凡尔纳是我生命的总导演。"正是凡尔纳的《海底两万里》启发他发明了第一艘在公海航行的潜艇。也正是同样的原因，美国第一艘核潜艇被命名为"鹦鹉螺号"，以纪念凡尔纳最早提出了潜艇的科学构想。

英国著名科幻小说家阿瑟·克拉克不仅是世界一流的科幻小说家，而且还是现代卫星通讯最早的设计者。1945年克拉克就提出通过卫星系统实现全球广播和电视转播的大胆设想，而在20年后由于地球

同步卫星的发射成功，这一预言终成现实。值得一提的是，克拉克1964年发表的科幻小说《太阳帆船》，描绘了利用太阳风（即今天造成地球上无线电通讯发生故障的太阳粒子流）进行太空帆船比赛的大胆设想。这部小说发表后，引起美国航空航天局极大关注，他们对这一科学构想能否用于太空飞行颇有兴趣，并且进行了富有成效的实验。

科幻小说是面向未来、展示科学技术发展前景的文学。科幻小说中的幻想不是毫无根据的胡思乱想，而是建立在科学基础上的想象。它不仅以奇特的构思、超越时空的氛围展示科学技术高度发达所带来的美好未来，也深刻地揭示了科学技术有可能造成的负面影响。因此，阅读科幻小说对于启迪智慧，开拓思维，激发对科学实践探索的热情，洞悉未来的发展趋势都是大有益处的。

我们现在不是大力提倡素质教育吗？其实，素质教育的核心是训练人的想象力和创造力，因为想象力和创造力乃是创造性思维的体现，也是发明创造的基本前提。正是在这方面，科学幻想小说丰富的想象力和它描绘的未来世界的科学构想，对于读者创造性思维的培养是潜移默化的。近年来，西方国家许多大学竞相开设了科幻小说的课程和讲座，指导大学生或研究生阅读优秀的科幻小说，其目的也是出于素质教育的训练。

正是出于这样的考虑，广西科学技术出版社将陆续推出国内科幻小说家的新作，我希望这套丛书能够被广大青少年读者所接受。同时也诚恳地欢迎大家评头论足，提出宝贵的意见和建议，以便进一步推动我国科幻小说创作的繁荣。

金 涛

编者的话

为什么要出版科幻小说？

青少年阅读科幻小说有什么必要？

这是我们多年来一直在思考的问题，也是主编这套《21 中国当代科幻小说选》要向读者作一番交代的问题。

我想起凡尔纳的作品对后世的巨大影响。

大家知道，儒勒·凡尔纳是法国著名的科幻小说大师，被誉为"科幻小说之父"。他一生写了 75 部科幻小说，被翻译成各种文字，受到世界各国广大读者特别是青少年的喜爱。凡尔纳（1828～1905 年）生活在 19 世纪，20 世纪初他便离开了这个充满幻想、科技发达的世界。然而他在 1865 年发表的科幻小说《从地球到月球》和另外一本名为《环绕月球》的科幻小说中，第一次描写了人类登月探险的故事。1873 年他的《海底两万里》发表，这部小说描写了尼摩船长驾驶一艘"鹦鹉螺号"潜艇在海底探险的故事。1889 年他又写了一本开发北极的科幻小说《北极的购买》，此外还有脍炙人口的《地心游记》《八十天环游地球》《气球上的五星期》等。应该指出的是，凡尔纳当时在作品中描写的飞向月球也好，在海底世界自由驰骋的潜水艇也好，以及开发北极也好，都是现实生活中闻所未闻的，纯粹是凡尔纳大脑中的想象。可是凡尔纳大胆的科学幻想和伟大的预见，却大大鼓舞了许许多多的有志之士，许多人正是从凡尔纳的科幻小说中受到启发，汲收灵感，而投身到把幻想变为现实的伟大事业中，作出了历史性的贡献。

当代"潜艇之父"西蒙·莱克在他的回忆录中写道："凡尔纳是我生命的总导演。"

阿特米拉·拜特在他开始首次北极飞行时就宣称："第一个完成这个壮举的人，并不是我，而是凡尔纳，给我领航的是儒勒·凡尔纳。"

俄国宇航之父、著名火箭专家齐奥尔科夫斯基（1857～1935年）说："就是儒勒·凡尔纳启发了我的思路，使我按照一定的方向去幻想。"

最有意思的是，凡尔纳在一百多年前幻想的人类登月探险的出发地点——美国南部的佛罗里达，在1969年7月16日美国发射的第一艘载人宇宙飞船"阿波罗11号"，恰恰是在佛罗里达州的肯尼迪航天中心发射而登上月球的——这当然绝对不是简单的巧合。另外，还值得凡尔纳骄傲的是，当1954年美国制造出第一艘核动力潜艇时，将它命名为"鹦鹉螺号"，以纪念凡尔纳这位天才的科幻小说家，因为他当年在《海底两万里》中所创造的尼摩船长的潜艇就是一艘核潜艇！只不过由于当时的科技发展水平的局限，凡尔纳对潜艇所用的核动力的描写是错误的。这对于一百多年前的一本科幻小说，是完全可以理解的。

我们从凡尔纳的作品对后来科学技术发展的预见性，特别是这些作品所产生的影响，不难发现科幻小说对于读者的潜移默化的作用。其实，科幻小说的这种不可替代的作用，是许多享有盛誉的科幻小说经典之作的共同特征。

俄国的齐奥尔科夫斯基不仅是一位杰出的宇航火箭技术专家，也是一位天才的科幻小说家。他在科幻小说《在地球之外》中，系统地、完整地描述了宇宙航行的全过程，他在小说中提到了宇航服、太空失重状态、登月车等，完全被现代太空技术的发展所证实。齐奥尔科夫斯基的天才预见，后来启发了很多科学家。美国阿波罗计划的领导者

之一、著名火箭权威、德国火箭专家冯·布劳恩曾说过:"一本描述登月计划的科幻小说使我着了迷,此书令我异想天开地去作星际旅行。这是需要我付出毕生精力去从事的事业。"1965年4月,在冯·布劳恩领导下研制出总长85米的"土星5号"火箭,为美国阿波罗计划的成功奠定了坚实的基础。

目前仍定居在印度洋风景秀丽的岛国——斯里兰卡的英国科幻小说家阿瑟·克拉克(1917~)是20世纪科幻小说的世界级大师,他的代表作有《太空漫游2001》《与拉玛相会》《天堂的喷泉》等。今天已成为现实的全球卫星通讯,如果追根溯源,应该归功于这位科幻小说家。美国著名科幻小说家阿西莫夫在《宇宙、地球和大气》这本书中曾经指出:"人造卫星的另一个服务性应用也一直在发展。早在1945年,英国科幻小说家克拉克(Arthur C.Clarke)就曾指出,人造卫星可以用来作为中继站,使无线电讯号跨越大陆和海洋。只要把三颗卫星放在关键性的位置上,卫星转播的范围就可以遍及全世界。这个在当时看来很荒唐的幻想,在15年后却开始变成现实了。"阿西莫夫还特别提到,1960年8月12日,美国发射了"回声1号"卫星,使克拉克的科学幻想变成了现实,而这个成功设计了卫星通讯的领导者是美国贝尔电话实验室的皮尔斯。有趣的是,皮尔斯本人也是一位业余的科幻作家,他曾用笔名发表过科幻小说。

克拉克还写过一篇异想天开、构思奇妙的短篇科幻小说《太阳帆船》,小说的科学构想是利用太阳辐射的粒子流即太阳风为动力,驱动巨大的帆片,在太空中进行帆船比赛。这篇小说一发表,立即引起美国航空航天局的高度重视,并秘密开展了利用太阳风的可行性研究。

大量的事实证明,科幻小说自它诞生以来,以其大胆的、奇妙的科学构想和对未来社会科学技术的预测,以及丰富的艺术表现手法和个性鲜明的人物形象,展示了基于现实又超越时空的生活场景。它极大地启发了读者的想象力,有助于他们展开幻想的翅膀,激活思维的创造力,从而与作品中的人物一同去探寻神秘的科学世界,并因此受

到科学魅力的启迪，训练自己的思维。这，也是我们今天特别提倡的素质教育的范畴。

应该特别指出的是，科幻小说从诞生的那一刻起，就特别关注科学技术发展与人类的命运这个至关重要的问题。科幻小说家不仅讴歌科学技术的进步给人类社会带来的福音，传播科学技术的创造发明所能造福人类的种种惊喜，与此同时，他们也以敏锐的洞察力、超前的预见和精辟的见解，对科学技术发明成果的滥用和负面效应的危害，提出了富有远见卓识的忠告。今天，人类正在面临的温室效应、臭氧层空洞、环境污染、物种灭绝、电脑犯罪、计算机病毒、核污染、艾滋病、电脑黑客等文明病，这些伴随科学技术发展而产生的负面效应，早已被科幻小说家不幸言中，许多科幻小说以超前意识很早就预见了滥用科技成果所产生的副作用。在这个意义上，科幻小说的警世作用同样是十分重要的。

早在20世纪初的1903年，年轻的鲁迅在留学日本时就向国人翻译介绍了凡尔纳的科幻小说《从地球到月球》和《地心游记》，另一位文学大师茅盾也在1917年编译了英国科幻小说大师威尔斯的作品《巨鸟岛》（以《三百年后孵化之卵》为名），这都是中国科幻小说发展史上值得一提的事。尤其值得关注的是，鲁迅先生当时就富有远见地指出，由于科幻小说具有"获一斑之智识，破遗传之迷信，改良思想，辅助文明"的作用，因此他大声疾呼："导中国人群以进行，必自科学小说始。"

鲁迅先生说得多么好啊！

当新世纪的钟声响起时，我们愿重复鲁迅先生的话："导中国人群以进行，必自科学小说始。"

编　者*

* 注：金涛原系中国科协科普文艺委员会主任。

目　　录

机器娃娃入家门　亨亨博士得活宝

哈！这小姑娘的模样真逗：突突的大脑门，翘翘的小鼻头，水汪汪的大眼睛，瘪瘪的小嘴巴，两根小辫儿扎得竖竖的、高高的，额上还有颗红痣。

亨亨博士一见机器人公司送来的这个小家伙，就乐不可支。他亲自把她抱出精美的木匣，启动了她脖颈后的按键。噢，瞧她，眨巴眨巴晶亮晶亮的大眼睛，立即脆生生地放开嗓子说：

"您好！亨亨博士！我是智能机器人！"

"嗯，好好！"博士拍拍她的脑袋，"喏，我给你介绍一下：这是我孙女逗逗，你叫她逗逗姐；这是我的外孙闯闯，你叫他闯闯哥！"

"你好，逗逗姐！你好，闯闯！"机器人小姑娘觉得闯闯和她差不多大，不愿喊他"哥哥"。

亨亨博士拿出一根银光闪闪的魔棍，算是送给小姑娘的见面礼物。逗逗和闯闯不高兴了，齐声说："爷爷偏心！""外公偏心！"

"嘿，这魔棍只有机器人才能用得上啊！"亨亨博士对小姑娘说，"记住，你只要把魔棍指着你的小鼻头，说：'魔棍长、魔棍短，让我变长变大莫变短。'——你就会变呀变，变得足有两米多高而且强壮；你如果说：'魔棍短、魔棍长，让我变短变小莫变长。'——那你就会变呀变，变得像童话故事里的拇指姑娘那么小！"

小姑娘接过魔棍，朝小腰带上一插，兴高采烈地踏上凳子，扳过亨亨博士的脖子，在他皱巴巴的腮帮上“叭”地亲了一口，说：“谢谢博士爷爷!”

“喵呜……”趴在亨亨博士大沙发上的大懒猫，妒忌地冲小姑娘一声长叫，把小姑娘吓了一跳，她拔出魔棍便指着大猫说：

“魔棍短、魔棍长，让它变短变小莫变长!”

许久许久，那懒猫也没变小。小姑娘失望地扭头朝亨亨博士噘起了嘴。逗逗和闯闯前俯后仰地哈哈大笑起来。

“喃，我说过的，这魔棍只适合你自己!”博士也笑了，“魔棍能量有限，你可要用在刀口上哟!”

亨亨博士告诉小姑娘，要请她到他的实验室去呆两天，以便为她的大脑袋输进一些必要的海洋知识。

　　"我老啰，不便再四处考察。但是，我想写一本关于大海的科幻小说，要派你去海洋里转转，为我收集一些关于大海、大洋的故事，行吗？"

　　"遵命！"小姑娘淘气地眨眨眼，敬了个礼，"愿为您效劳！博士爷爷。"

　　"你呀你，真是个小活宝！"亨亨博士乐呵呵地刮了一下小姑娘的翘鼻子。

　　"好哇，那就给她起个名字，叫小活宝吧！"逗逗和闯闯的提议，立刻得到了老博士的赞成。

恶鲨袭击惊无险　救命幸遇大蓝伞

　　碧悠悠的海水，湛蓝蓝的天；白花花的浪涛，轻飘飘的云。一切都使小活宝觉得新鲜有趣。博士爷爷的家就住在海湾边，他把一艘"小天使号"游艇交给小活宝，就忙自己的去了。这艘白色小游艇，可以随时分解海水中的氢和氧，以液氢为动力，跑得又快又远。逗逗和闯闯正好在爷爷（外公）家过暑假，"三个孩子一台戏"，他们一道乘船在海里游啊、唱啊，自由自在，好不热闹！

　　这是一片大陆和大海相连的过渡地区，叫潮间带。潮涨潮落，生气勃勃，有细软的海沙、光洁的卵石，退潮后还会留下许许多多贝类、海螺、小蟹……

　　"亨亨博士，我想潜到海底去看看！那儿好玩吗？"小活宝打开挂在脖子上的小小对讲机问。

　　"可以！不过，你要随时把看到的景色，通过对讲机告诉逗逗和闯闯。他们在'小天使号'上能听到你说话呢！"

　　小活宝深吸一口气，一个猛子便扎到了海底。由于她的肺是仿海兽特制的，所以在海底行动自如。唔，原来这儿也很美！蓝莹莹的海水中，各种底栖海洋生物五彩缤纷、交相辉映。

　　"逗逗、闯闯，海底有座五颜六色的大花园！"她冲着脖子上的对讲机，兴奋地大叫，"喏，这些红的、粉的、黄的、白的大花儿，一簇

簇一团团的，真好看。"

"那不是花，小傻瓜！"不料亨亨博士从他的实验室里先回了话，"那些白的、仅数毫米长的，是珊瑚；那些半米左右高的红花、黄花，是海葵！它们不是植物，都是海洋动物！"

这些花儿是动物？小活宝不太信。可细细一瞧，可不是吗？激流涌来，海葵的触手一支支伸展开来，小鱼、小虾都被它轻而易举抓去当美餐了！噢，对了，对了！海葵和珊瑚都是腔肠动物，还是远亲呐——小活宝想起了那本海洋百科全书里的话。她继续兴致勃勃地在海底花园中穿梭往来，又见到了桔红色和蓝紫色的海星，张牙舞爪的海蟹，浑身是刺、黑乎乎的海参。在海底逛了一圈，刚刚浮上水面，就听见逗逗姐喊：

"喂，快回家吃饭吧，小活宝！"

"吃饭？什么叫吃饭？"小活宝莫名其妙地问。

"嘿！机器人才不吃饭呢。外公说，她一年充一次电就行了！"闯闯笑着说。

逗逗也笑了。小活宝还没玩够，就请逗逗和闯闯先回去，自己留下。他们走后，海面上显得空荡荡的，小活宝有些胆怯。不过有魔棍呢，怕啥？她顿时安下心，仰面躺在波浪上，一会儿朝海鸥淘气地挤挤眼，一会儿向远处的灯塔挥挥手，感到十分惬意快乐。

忽然，四周的小鱼小虾们一阵骚动，远方有团黑影儿朝这里游来——不好，是条龇牙咧嘴的大鲨鱼！怎么办？逃？不行不行，来不及了！斗？对！快快让魔棍把我变大，和恶鲨决一死战！

"魔棍短、魔棍长，让我变短变小莫变长！"小活宝拔出魔棍，指着鼻尖慌慌张张念起来，然后闭起眼，等自己变大。咦？怎么搞的？变呀变，自己竟变成拇指那么一丁点儿小了。糟，念错"秘语"了！她睁眼一瞧，呀，原先那么小的小鱼、小虾、小蟹，一下子显得和自己一般大了；而那条两米长的鲨鱼，竟变得像条大船，正张开血盆大

口，把鱼呀、虾呀，直往肚里吞！可怜的小活宝只好跟随着一群小小的海洋生物，拼命往前逃。只见那不远的海面，悠悠地漂浮着一朵朵透明的大蓝伞，小鱼、小虾们急匆匆赶去，纷纷躲到伞下。小活宝慌慌张张也躲了进去。嗨，奇迹出现了：没等鲨鱼撵来，大蓝伞已不紧不慢地收拢伞顶，裹住仓皇逃命的小生物们，迅速沉到了海底……

当大蓝伞再次回到海面时，穷凶极恶的鲨鱼早已无影无踪！绝处逢生的小生命们欣喜若狂，围着亮晶晶的大伞翩翩跳起舞来。

"刚才好险哟！"小活宝用细细的嗓音，对小蟹说，"幸亏大蓝伞救了咱们！"

不料小蟹子瞪瞪小圆眼，瞅了她一阵，扭头游走了。

"大蓝伞好像有知觉，它为啥救咱们？"她游到一条带花纹的小鱼身旁问。小鱼冲她张张嘴，吐出一串气泡泡，围着她好奇地兜圈儿。许许多多小鱼、小虾、蠕虫、蛤蚌，都围过来了，一道瞪眼打量她。噢！在他们眼里，我一定很怪！唉唉，都怨自己太粗心，念错了"秘语"，差点葬身鱼腹。不但没给亨亨博士收集到什么故事，还遭到这些小不点生物的冷落！真倒霉！

"亨亨博士，亨亨博士！"小活宝带着哭腔，大声冲着对讲机呼叫，可是连自己听着，也觉得声音小得像蚊子。

"喂，怎么啦？小活宝？"谁知博士听到了她的声音，还回了话，"遇到什么麻烦了吧？别急，慢慢说！"

小活宝一五一十，把遇险的事说了一通。不料亨亨博士居然哈哈大笑，然后才安慰她说：

"别怕，孩子。第一，鲨鱼就是把你吞到肚子里，也没法消化你。因为你是用特殊材料制成的！你还会从它的大嘴里逃出来。第二，那些漂亮的大蓝伞是水母。小鱼小虾们躲到'伞'下，同时也为它们传送了危险信号。它们保护了你们，其实，你们也救了它们——这是一种海洋生物的共生现象！"

　　看来，变小也不赖，能了解许多知识呢！小活宝长长舒了口气，胆子也大了。她掐指算算，今晚退大潮，又有月亮，沙滩上一定更好玩。再说，她对神奇的海底花园还牵肠挂肚，想再看看那些海洋动物在夜里是怎样睡觉的，便请求亨亨博士允许她继续留下进行"观察"。

　　"行啊！"博士说，"你真是个有探索精神的机器人小姑娘！不过千万别忘了：黑暗中，你摁动额头上的那粒红痣，眼睛就能放电照明！"

　　"谢谢博士！一切照办！"小活宝调皮的、细细的嗓音，使亨亨博士感到很欣慰。

月夜海底观鱼眠　沙滩趣换螺壳房

　　月儿像只涂了银粉的大气球，亮闪闪地悬浮在缀满星星的夜幕上。沙滩静悄悄，海风习习吹，好舒服啊！小不点儿的机器人小姑娘独自一人望着博大的世界，感到很新奇。一小簇花皮蛤，正伸出软软的管足向外喷水。小活宝走过去探身细瞧，嘿，喷出的水柱把她淋得浑身湿透。她一点也不生气，再朝前走几十步，又见到十多只白晃晃、圆溜溜的东西在沙中蠕动。原来，是一只只小海龟的脑袋在使劲儿顶破白色的蛋壳，拼命往外拱——噢！一群小海龟出世了！奇怪的是，它们一钻出蛋壳，就能辨明方向，蹒跚地向大海爬去。虽说是小海龟，可对拇指般大小的小活宝来说，它们大得就像一头头小猪。

　　"嗨，你们真行，一出世就能回大海老家！"小活宝说着，灵机一动，一蹦跶，腿一撇，就骑到了一只刚出壳的海龟背上，毫不费力地随同它们下了海。

　　已是夜深人静时分，亨亨博士和逗逗、闯闯他们都早已安睡了。海洋动物是否也都进入梦乡了呢？它们也睡觉吗？它们在海底怎么个睡法？小活宝骑在海龟背上，想着想着，不知不觉来到海中，又潜到了海底。四周黑乎乎，她赶忙用食指按按眉心的红痣，两条雪亮的光带立即"刷"地射了出来。她翻身顺势从龟背滑下。哇！那些红艳艳、黄灿灿、雪白的珊瑚和海葵，在争奇斗艳，尽情地舒展开细长的腕足，

比白天更显得生动美丽，活像一朵朵秋天盛开的大菊花。

那些被称做"海黄瓜"的海参，却不像白天那样在泥沙上匍匐蠕动，而是在蒙蒙夜色中伸直全身，笔直笔直地倒立着睡着了。

咦，白天在蓝澄澄的水中穿梭游玩的鱼儿都到哪里去啦？噢，原来它们有的躲进海底岩石、暗礁的裂缝里，有的藏进洞穴了，还有的小鱼干脆钻进细细的泥沙里，只露出两只圆圆的眼儿在打盹。一见小活宝，它们的眼睛顿时像汽车前端的两盏大圆灯，警觉地闪亮起来。

蟹鱼真是丑八怪！浑身长满了难看的黑花斑纹。但它们真聪明，选择了与自己体色相似的地方睡觉，让小活宝好不容易才辨认出它们！

被大家叫做"橡皮鱼"的马面鲀鱼鲀，睡觉的方式更有趣：深更半夜，一个个用小嘴紧紧叼住礁石上的海藻，就像婴儿含着妈妈的奶头那样，乖乖儿地安然入睡。

还有另外一些小鱼，大概为了壮胆吧？成百上千条地挤成一堆，

集体睡大觉……

真没想到夜晚的海底这么生动有趣！小活宝心满意足地悄悄离开海底，重新游回海面。不知什么时候，月亮躲到云里去了。月黑风高，旷野茫茫，小活宝想回家了。亨亨博士特意在逗逗姐的屋里为她加了一张床，那床又软又舒服，使小活宝很依恋。恰在此时，她隐隐看到：有只大大的花螺壳躺在沙滩上，活像一座典雅的小别墅。对呀，要是在螺壳里美美睡一觉，一定别有情趣！亨亨博士一定更会夸我有探索精神！哟，真是机会难得！

小活宝瞪亮眼，朝螺壳内搜寻一阵。见里边既光滑又干净，便蹑手蹑脚爬了进去，蜷曲起身子，美滋滋地在这间别致的螺壳房里，呼呼大睡起来。

睡得真香哟！咦，是谁在轻轻拍打自己的肩？讨厌！小活宝揉揉眼，翻个身，继续睡。可是没多久，又有人来拍打她。这回，她着实吓了一大跳。有谁会知道她正躲在螺壳里睡觉呢？她小心翼翼地爬出螺壳，打亮眼灯。啊！眼前是个什么怪物？说它像虾吧，偏偏长着一对螃蟹螯；说它是蟹吧，那身子却软软的像条小龙；说它像龙吧，它的脚和脑袋又像"虾"；这个"四不像"的小怪物，见到小活宝也吓得直哆嗦。它原以为这螺壳里睡的，一定也是一位和自己同样的"四不像"。谁料到，会是一个两腿直立的小人儿呢。它战战兢兢往后退呀退，"忽"地返身钻进了另一只花螺壳。噢！原来是只寄居蟹！亨亨博士说过，寄居蟹的身体长大后，会主动和同类"商调"合适的房子呢！小活宝便嘻嘻一笑说："你这'四不像'，准是看上我的房子了。好吧，成全你，换！"她淘气地把胳臂伸进花螺壳，学着"四不像"刚才用螯拍自己的动作，轻轻用手拍了"四不像"几下。果然，"四不像"立刻爬出来，兴高采烈地在小活宝的大螺壳四周转了几圈，又万分感激地朝小活宝点点头，躬躬腰，便钻了进去。然后，它背起新换的大房子，十分满意地缓缓走开了。小活宝困倦地钻进"四不像"原先住的花螺

壳——满不错嘛！虽说比自己原先的大花螺小了点，但对她倒挺合适。看来，寄居蟹换房子，还真是心中有数！否则的话，自己若真是一只"四不像"，肯定会背不动那只大花螺呢！想着想着，小活宝在她的新居里，酣酣地一直睡到了天麻麻亮……

闯闯智斗丑八怪　章鱼嬉耍四绝招

小活宝变小之后过了 12 个小时，又自动复原为原先那般大小。她高高兴兴回家了。刚到家门口，她就大声嚷着："博士爷爷，我在海螺壳里睡了一夜！可有趣呢！"

"什么什么？好玄！你在螺壳里呆了一夜？"闯闯一边开门，一边不信地问，"不是吹牛吧？"

"小活宝，快讲讲你昨夜的故事！"逗逗姐亲切地拉起小活宝的手。

亨亨博士和孩子们一道坐在地毯上，细细地听小活宝汇报她在海底和海滩上的所见所闻。小活宝讲得绘声绘色，博士听得如痴如醉。逗逗和闯闯也乐得手舞足蹈，哈哈大笑。

"干得不错，你是位出色的智能机器人小姑娘！"博士爷爷拍拍小活宝的头，"不过，你那粗心大意的毛病，一定要改！再不准把魔棍的'秘语'说错。"

接着，亨亨博士布置小活宝去考察章鱼。因为，他的科幻小说里要出现一个章鱼宇宙人。

"外公，章鱼就是八带蛸吧？"闯闯皱皱眉，"嘀，宇宙人要是那模样，可真是丑八怪了。"

"章鱼聪明又机灵，它们有四种克敌制胜的绝招儿！你要是见到它们那几招，就不会觉得它们丑了！"

"哪几种绝招？爷爷快说！"逗逗好奇地问。

博士爷爷说："等小活宝考察后，你们就明白了。"闯闯心里痒痒的，就"亲外公，好外公"地恳求亨亨博士，下午让他跟小活宝一道去完成任务。逗逗也争个不停要下海。最后，亨亨博士取出一副人工鳃和一套又轻又薄的潜水服，先交给了闯闯，并答应以后有新任务，再派逗逗跟小活宝去完成。

下午，初夏的阳光照得水面上波光粼粼。几只红嘴海鸥扇动着洁白的双翅，在"小天使号"上空嗷嗷地歌唱盘旋。闯闯第一次跟外公、小活宝出海执行任务，觉得既新鲜有趣，又有点心慌紧张。

"亨亨博士，到了！"小活宝一副执行任务的严肃模样，使老博士十分欣赏。

"好吧，记住：你们要十分小心。章鱼鬼点子可多呢！有情况，随时与我联系。"

多么幽静神秘的水下世界啊！这里除了绿油油的昏暗的海水和一些小鱼小虾之外，哪有什么章鱼。不过，在一片平坦的海底，忽然出现了许多排列整齐的贝壳和小石块，就像聪明的小孩堆放的积木和棋子。

"怪！谁会在这儿摆出这么整齐的图案？"闯闯通过脖子上的对讲器，问小活宝。

"咕嘟——"小活宝从嘴边吹出一串泡泡，"海洋百科全书中说过，章鱼会做这种游戏！"

果然，临近的礁石岩缝中，正躲着一只张牙舞爪的大章鱼。它的体色和礁石差不多，不细看，还真分辨不出来。小活宝赶快启动自己的电眼。光亮中，章鱼使劲儿瞪大圆鼓鼓的眼，虎视眈眈地瞅着两位不速之客，身子气恼地轻轻抖颤着，将腕足盘蜷成一团，体色一忽儿变成玫瑰红，一忽儿变成金黄色、蓝紫色，活像个变幻莫测的万花筒。

"这是什么意思？你瞧，它身上的颜色怎么变个不停？"闯闯回头

问小活宝。不料那章鱼趁此机会，侧身收腹，"哧"地一下，钻出岩缝溜之大吉了。等两个孩子再找到它时，它已周身呈灰白色，悄悄儿匍匐在另一块白岩石上了。

"哈，'变幻肤色，随机应变'，算是你的第一招！"闯闯乐了，得意忘形地伸出手去，拍拍章鱼那软软的身子。哪知诡谲的章鱼是在装傻，它突然"刷"地甩出一条足腕，出奇不意地把闯闯的一条胳臂紧紧缠住了。

"哎哟，妈呀！丑八怪的劲好大，小活宝快救我！"

"别怕别怕，我让你变大，准斗得过它！"

小活宝慌忙拔出魔棍，对准闯闯念"秘语"，可是根本不管用。

"你念叨什么呀？快想想办法啊，它越缠越紧啦！"闯闯带着哭腔喊。

小活宝这才想起，魔棍只对自己起作用。恰巧，有只大海蟹横冲直撞爬过来，小活宝灵机一动，马上伸出魔棍让它钳住，把它牵引到章鱼跟前。这办法还真灵，章鱼马上松开缠住闯闯的腕足，见螃蟹朝它吹胡子瞪眼，吓得像一滩稀泥似的软瘫了。螃蟹得意地丢开魔棍，舞动铁钳似的大螯，蓦地夹住了章鱼的那条腕足。

"好哇！谁让你对闯闯不友好？这下可要一命呜呼啰！"小活宝幸灾乐祸地喊。

话音未落，狡猾的章鱼一反常态，使劲儿收腹拱背，腕足一撑，只听"叭"地一声，螃蟹反倒腹破肢裂了。章鱼从容地吞食起鲜嫩的蟹肉，全不把闯闯和小活宝放在眼里。

"呀，'装疯卖傻，后发制人'，这是你的第二绝招！你真狡猾！"小活宝叹服地说。不过她不肯服输，又提起魔棍，摆开架势，向美餐完了的章鱼逼进，说："喂，大章鱼，你别神气。看我来替闯闯出口气！"

小活宝咄咄逼人的气势和魔棍闪闪的寒光，真的使章鱼胆怯紧张了。它变得浑身通红，继而发紫，"呼哧"一声喷出一腔水来。接着，一边喷水，一边利用喷力急速后退。

"哇！'见势不妙，激流勇退'，这是章鱼的第三绝招！"闯闯嚷着，游到章鱼身后，堵住它的后路，"来，小活宝，咱俩前后夹攻，看看它还有什么锦囊妙计？"

被激怒了的大章鱼气得直瞪眼，仿佛真的无可奈何、束手待毙了。小活宝淘气地挥舞魔棍，朝着章鱼欢呼：

"大章鱼，失败啦？大章鱼，快投降！"

正洋洋得意时，呼——四周海水不知怎的，刹时变成乌黑一片，搅得小活宝和闯闯浑浑沌沌，晕晕乎乎，一时难辨上下左右、东西南北。

"哎唷！小活宝，你的棍子敲到我的屁股上啦！"

"不好！闯闯，你的脚蹼踢到我的头上来啦！"

等海水渐渐清亮时，嘿，那狡黠万分的丑八怪章鱼，早已逃之夭夭，只留下一溜烟黑糊糊的墨汁。

"服了服了！'施放烟幕，隐身脱逃'，这是章鱼的第四绝招！"小活宝和闯闯同时说着，彼此指着对方被章鱼"烟幕弹"染黑的身子，开怀大笑起来。笑声惊动了无数小鱼小虾，纷纷躲进水草丛中。

大石人儿藏哑谜　复活节岛问号多

　　小活宝的工作受到亨亨博士的赞赏。她回来后，在电脑前一坐就是两个小时。一是把所见所闻整理成文字，储存进电脑；二是通过电脑，再学习新知识。

　　"亨亨爷爷，电脑里的海洋百科全书上说，南大洋有个神秘的小岛，上面有许多奇异的大石头人儿……"

　　"你愿意去吗？来，瞧瞧这地球仪——喏，复活节岛，在这儿！这岛上的确有许多谜。只是太远啰，让你去有点不放心啊！"

　　小活宝生来好奇，听说复活节岛那么神秘，便学起逗逗平时撒娇的样子，"好爷爷，亲爷爷"地缠个不休，弄得亨亨博士不得不答应她去那儿见识一番。这两天不巧，逗逗、闯闯要返校让老师检查暑假作业，所以小活宝只好自己单独行动了。为安全起见，亨亨博士为小活宝仔仔细细检修了"小天使号"。

　　"小天使号"像离弦的箭，在浩渺无垠的碧波上飞驰。仪表指针慢慢地指向黄海—东海—太平洋。太平洋深不可测，白浪滔滔，天水相连。"小天使号"像沧海一粟，显得孤单伶仃。唉，亨亨爷爷，我好想你！闯闯、逗逗，你们要是一道来该多好。首次长途航海，小活宝有点害怕、担心了。她真想掉转船头回去。可是那样做多丢脸啊！博士爷爷还夸我有探索精神呢！要是我回去了，闯闯和逗逗姐准笑话

我："唏！一个多么胆小的机器人小姑娘啊！"不行不行，我必须继续前进！当个有出息的、勇敢的机器人小姑娘！

经过星罗棋布的小岛，再往南、往南，小活宝终于找到了那座孤零零的、等腰三角形的孤岛——复活节岛。

远远望去，岛上礁石林立、悬崖逼岸，一排影影绰绰的巨人，戒备森严地守立岸边。天哪！是不是进了巨人国？小活宝全身不由自主地瑟瑟发抖。怎么办？要是就这样上岸，他们准把我当成小人国派来的小侏儒呢！还是变大吧，千万别让巨人小看了我！

"魔棍长，魔棍短，让我变长变大莫变短！"只几秒钟，小活宝果真变得足有两米半高，连开"小天使号"都得低头弯腰了。可是小活宝一登岸就目瞪口呆了：嘿，伫立在小岛岸畔的，其实是一尊尊十多米高、甚至二十多米高的石雕人头像！瞧，自己粗心大意的毛病又犯了！亨亨博士明明说过，这岛上有许多神秘的大石头人像嘛！哪来的什么巨人？

"哎哟，从哪儿冒出这么高大的一个小女孩？"一位导游小姐，带着一群观光的游客来到岸边，见到小活宝惊叫起来。

"对不起，小姐。"小活宝慌忙解释，"我是……机器人小姑娘，我从亨亨博士家来……我是用魔棍使自己变大的……"她尴尬地摊开双手。

有位老先生从小活宝手中接过有关证件，一看，乐了："嗬，果真是位出色的智能机器人小女孩。哈！咱们的旅游队伍扩大啦！欢迎欢迎！"

大家兴高采烈，鼓掌欢迎小活宝，小活宝倒害羞了。她跟在队伍的最后头，心里美极了。

岛上处处可见被称做莫阿伊的大石头人儿。它们大多数是半截头像，神情各异：有的沉思眺望，有的威严肃穆，有的目光炯炯，有的高深莫测。奇怪的是，有的石像头上还顶着个小红帽。它们小的高几

米，重几吨；大的高几十米，重几十吨。这座孤岛远离陆地，远古时代没有飞机、大船和先进工具，这些大石像是怎么造出来的呢？是谁创造了奇迹？小活宝觉得不可思议。

"导游小姐，这座岛上大概住过外星人吧。瞧，这些大石人怎么没一个笑脸哇？亨亨博士可总是成天乐呵呵的！还有这个石人儿，脸朝天，看谁呀？"

小活宝的唠叨，把沉思默想的游客们逗乐了。

"是呀！这些大石人确实很神秘。别着急，岛上还有许多神秘的东西呢！"

说着，导游小姐把大家带到复活节岛一座古人遗留的小城堡中。城中有几十幢古色古香的船形小石屋。小石屋的石壁上，刻有稀奇古怪的石雕、古画。每间小屋都显得扑朔迷离。导游小姐取来一些珍藏

的木板和木棍让游客观赏。只见那上边刻着很多弯弯曲曲、圈圈点点的文字，仿佛正在诉说着复活节岛和莫阿伊大石像的故事。

"可惜，现在岛上居民和世界各地的考古学家，谁也看不懂、说不清这些莫名其妙的象形文字！"导游小姐带着遗憾的口吻说。

"听说，当初荷兰人来岛上，和土著居民签订条约时，土著人酋长在纸上郑重地画了个鸟，对吗？"小活宝眨眨眼，想起海洋百科全书上的话。

"对呀，你知道的可真多！"导游小姐仰起头，夸奖小活宝，"依你看——"

"嗯——远古时候，岛上也许住着鸟人？"小活宝得意地推测，"这可是我的科学幻想！"

"是啊是啊，鸟人的文字，谁能看懂？"游客们随声快乐地附和着，又随导游小姐乘旅游车去岛东边的一座火山口。由于小活宝实在太庞大，导游小姐只得请她坐到车顶上。在高高的车顶上，小活宝饱览着复活节岛的景色：这小岛周长约几十千米，四面环海，就像嵌在碧玉盘中的一只三角形的贝雕工艺品。车到山顶，小活宝惊讶地看到：原来，这儿是远古时代留下来的石像制造场！几百尊已完工或没完工的莫阿伊，静静地呆在那里。呀！制造大石像的能工巧匠真不简单！他们不仅把那么硕大的石像雕制得栩栩如生，还能把它们从山上一直运到遥远的海边！"他们是谁？怎么会有如此超凡的力量和智慧？他们从哪里来？"小活宝唠唠叨叨地提出一连串问题，可导游小姐和旅行家们全都含笑摇头。哦，整个复活节岛，似乎都被难解的迷雾笼罩着，谁也找不到答案！

在神秘的复活节岛玩了整整一天，小活宝真是开了眼界：原来，这世界上古往今来的谜团真多！回去后一定要把所见所闻，细细向亨亨博士描述，说不定岛上高耸的大石人儿、船形的小石屋、打着哑谜的木板木棍、山顶的石像工场等等，都会成为亨亨博士笔下十分有趣的科幻故事呢！

逗逗趣谈漂流瓶　"雪鸥"遇险求救援

　　"嗨！你好，小活宝！"久违了的逗逗见到从复活节岛风尘仆仆赶回来的机器人小伙伴，热情地拥抱她。逗逗爱热闹，急忙打电话把闯闯叫来。亨亨博士在电脑菜谱和机器手的帮助下，做了满满一桌好吃的饭菜，招待他的"小客人"们。

　　可惜，小活宝并不想吃这些东西——她的设计程序里，没有"吃"和"排泄"，而是全靠体内的几节微型高能电池维持生命。不过，她还是周周正正地坐在餐桌前凑热闹，绘声绘色地给博士讲复活节岛所见所闻。神秘的莫阿伊大石像、古怪的船形石屋、奥妙的象形文，让逗逗、闯闯听着了迷。

　　"小姑娘，谢谢你为我提供了写科幻故事的好素材！"亨亨博士捋捋八字胡说，"可不是吗？世界上奇妙无比的谜，实在太多啰！尤其是海洋，它占地球面积的71％，既是生命的摇篮，又是风雨的故乡。生命起源于大海，人类总有一天要回归大海。所以，孩子们，要热爱大海啊！"

　　"我们老师也这么说！"逗逗眉飞色舞地说，"爷爷，我参加了少年宫的海豚驯养组。我驯养的那头小海豚叫阿勇，可聪明机灵呢！"

　　闯闯忙问，海豚是鱼还是海兽？它们究竟有多聪明？亨亨爷爷就娓娓地讲起了有关海豚的趣事。他说："海豚是海洋哺乳动物。凡是小

型的齿鲸，都叫海豚。它们大脑很重、皱折又多，所以很聪明。它们生活在海底社会，是一种很文明的动物。海豚妈妈差不多要花 5 年时间来哺育自己的孩子；小海豚刚出生时，就会有一群海豚阿姨围过来，把它托出水面，学习呼吸；以后，海豚爸爸又会十分认真负责地保护小海豚。海豚对人类极其友善，经常救起落水的孩子……"亨亨博士的话，惹得小活宝真想见见阿勇。

饭后，孩子们来海边玩。金色的沙滩实在诱人！他们在沙滩上追逐嬉闹、堆沙塔、拾贝壳。玩累了，逗逗静静地望着大海，不觉分外想念她驯养的小海豚阿勇，禁不住掏出那只平时召唤阿勇的口琴，咿咿呀呀地吹起来。悦耳的琴声飘向大海，引来了许多欢游的小鱼儿。

"嗨——那是什么？海豚！"闯闯看见一只黑黝黝的圆脑袋，在白浪花中拱动，欢叫了起来。

"啊，真是阿勇！"逗逗蓦地从沙滩上跃起，拼命朝阿勇挥手，"喂——阿勇，我在这儿呐！"

阿勇越游越近，听到逗逗的呼唤，欢跳不已。逗逗索性把口琴声吹得更响，惹得阿勇一忽儿在浪尖蹦，一忽儿在波谷翻身打滚，一忽儿直立在海面，一忽儿从鼻腔发出"噗嗤、噗嗤"的声响。

"他在说什么？"闯闯问，"你听得懂吗，小活宝？"

"他说，"小活宝竖起耳朵，静听一阵后翻译道，"我想你，逗逗！远远听到你的琴声，我就偷偷儿溜出少年宫，从驯养海豚的那个海湾一直游到这儿来啦！"

嗬，神了、怪了！小活宝怎么会听懂阿勇的话？原来，亨亨博士有台专门录制海洋动物"语言"的水下收录机，她仔细听过，尤其对海豚的次声波进行过研究。"凡人的耳朵是听不见次声波的，但作为机器人的我，就能听得见！"她很自豪地说。

"你真行！"闯闯羡慕不已，赶忙脱下上衣，跳下海去和小海豚玩耍。阿勇很公正，轮番驮着三个孩子在海湾里遨游，使孩子们玩得又开心又过瘾，欢笑声此起彼伏。

玩够了，三个小家伙仰面朝天，躺在沙滩上晒太阳。蔚蓝的天空掠过几只海鸥，四周静悄悄的。

阿勇在海里不知从何处找到了一只桔红色的塑料瓶，把瓶子淘气地顶在鼻孔上端圆溜溜的脑袋上，转呀、抛呀，有时还把瓶子抛得又高又远，翻个筋斗再去接，活像马戏团里神气灵巧的杂技演员！

"阿勇玩的那瓶子真漂亮，"闯闯问，"逗逗姐，听说大海里常常会有传递信息的漂流瓶？"

"对，少年宫的老师说，有的漂流瓶是科学家装上卡片，用来了解海流情况的。他们请捡到瓶子的人填好卡片，寄还他们当资料。有的漂流瓶是在海上遇险求救的。当年哥伦布航海时，他的船队中有条船沉没了，另一条船的船员又不听指挥，他就用羊皮纸写了封信，封进椰子壳后投入大海，向西班牙的国王和王后求援。可惜，这椰壳漂流了整整 350 年才被人发现！"

"亨亨外公说，几十年前，有个小伙子把求婚信放到一只美丽的玻璃瓶里投入大海，这只漂流瓶真的被一位可爱的姑娘收到了——你们猜，这小伙子是谁？姑娘又是谁？"

逗逗和小活宝都摇头。

"那就是我外公和外婆！"

"哈！漂流瓶还会给我爷爷和奶奶做媒！真有趣！"逗逗拍着巴掌乐极了，"闯闯，要不是那只漂流瓶，还没你和我呐！"

小活宝这才知道，亨亨爷爷还有一位老伴，现在在闯闯家，帮着闯闯的妈妈料理一些事，过几天就要回来。

阿勇仍在兴致勃勃地玩那只桔红色瓶子。那瓶里是否也装着什么信息呢？三个孩子同时想到了这个问题。小活宝立即纵身跳进波涛里，从阿勇那儿接过瓶子。

孩子们打开旋得紧紧的瓶盖一瞧，嘿，瓶里面还真有个折成三角形的纸条儿：

"海洋考察船'雪鸥号'在太平洋×经度×纬度遇到麻烦被扣，盼救！"

草草的几行铅笔字，写得十分急促。

"正好，我爸爸正在'雪鸥号'上！"逗逗急哭了，"考察船出海一个月了，不知道究竟是谁把他们连人带船扣下了？"

"别哭鼻子嘛！"闯闯跺脚，"快报告外公去救舅舅！"

"不行，亨亨爷爷有高血压，他急病了更乱套！"小活宝提建议，"还是我们自己带着阿勇一道去救'雪鸥号'。我能变大又变小，阿勇聪明又机灵，逗逗姐，你放心！不论是宇宙人还是海底怪物，咱们都不怕。"

小活宝瞪着大眼睛，拍着胸脯的诚恳劲儿，使逗逗和闯闯十分感动。

"对，咱们乘'小天使号'去，准能把我舅舅和叔叔阿姨们救回来！秘密行动，更容易取胜！"闯闯说。

三个孩子商量了一阵，便紧锣密鼓地张罗开来。逗逗给亨亨博士留个条儿，说他们三个小伙伴借暑假之机，出去见识见识大海，请爷爷不必担心。闯闯负责去找张海图，并为"小天使号"作备航工作。小活宝呢，去找阿勇，用她学会的"次声波"，向小海豚交待任务……

暖流寒流汇黑潮　群鱼闹海景观妙

　　当一切准备妥当，已是红艳艳的夕阳坠向大海的时候。闯闯、逗逗、小活宝蹑手蹑脚登上"小天使号"。流线型的白色小艇，静悄悄地向东驶去。小海豚阿勇机灵地跟在船侧。

　　此时此刻，三个冒冒失失的小家伙，心中既充满探险救人的自豪感，又有点心慌意乱。他们认定：考察船是被外星人扣留了。否则，还有谁能难倒像逗逗她爸爸那样聪明的海洋学家？他们毕竟只是两个小学五六年级的小学生和一个机器人小姑娘，能斗得过外星人吗？

　　闯闯真不愧为小小男子汉。他双目炯炯，一边把船开得又稳又快，一边给两位小姑娘打气：

　　"别担心，据我分析：真正聪明的外星人，是不会伤害我们地球人的。他们扣船，也只是想研究和了解一些情况！"他富于幻想地说，"见到咱们三个小孩去救'雪鸥号'，他们肯定会很感动，马上放人、放船！"他鼓起胖胖的腮帮，煞有介事地说。

　　"哼，要是他们硬不肯放'雪鸥号'和叔叔阿姨们，我就想法子打入他们内部，来个孙悟空大闹天宫！你们呢，里应外合，一定解救出他们！"小活宝跟着眉飞色舞地"吹"起来。

　　逗逗被逗笑了，昂起头："对！没啥了不起，我们一定能胜利！"她使劲儿挥舞起拳头。

　　气氛开始活跃起来，三个孩子越聊越有信心，唇角都漾起笑意……

　　月色溶溶，波光粼粼。闯闯把小船定准航向，减慢速度，再让逗逗接班开船。说起来也多亏亨亨博士，平时要求孩子们学会"多面手"，教会了他们驾驶"小天使号"。现在，他们个个都成了小小航海家。

　　海天朦胧，浪涛轻晃。小活宝和闯闯甜甜地进入梦乡。逗逗专心地开着船。忽然，"小天使号"四周浪花飞溅。渐渐地，无数闪闪发光的鱼儿随波跃起，涛声也随之越来越大。

　　"闯闯、小活宝，快醒醒。看哪！鱼！许许多多、各色各样的鱼！"逗逗惊喜万分地叫着，"它们正围着咱们的'小天使号'跳舞呐！"

　　闯闯和小活宝惊醒后，被眼前奇妙的景象弄呆了：哎呀，有鲨鱼在穿梭，有鲸鱼在喷水，还有海豹在嬉戏；有灰白色的寒带鱼群，也有色彩艳丽的热带鱼群在翻腾跳跃。就连小海豚阿勇，也加入了这场

突如其来的海上"迪斯科舞会"。那场面真是声势浩大，热闹非凡！

"真怪！怎么寒带的、温带的、热带的鱼类和海兽，都在这儿大会师啦？"闯闯使劲儿揉揉眼，"会不会是——宇宙人在搞鬼？"

"哎唷，难道他们知道了我们的行动计划？"逗逗马上警惕地挺直了腰。

"别急别急，让我下去侦察一下！"小活宝自告奋勇，"扑通"一声下了海。

这儿的海水的确怪。小活宝觉得好像被一团团热乎乎的水流包住了——一点儿也不像平时的海水那么凉飕飕的。她"叭"地启动开自己的电眼，只见海水正上下滚翻，水下的小鱼、小虾和各种浮游生物，全被翻卷到水面，使这片海域成了一锅鲜美的肉汤。难怪各种鱼儿、海兽都从四面八方赶来赴宴呢！海水越翻越猛，小活宝被海浪冲得有点晕头转向，便向阿勇求援：

"快来帮帮我——阿勇！"

一声召唤，阿勇那光溜溜、圆滚滚、湿漉漉的脑瓜，就拱到了她身下，把她托起，又调皮地将她翻转几下，才腾空抛起，将她稳稳当当送到了"小天使号"的甲板上。

"见鬼，哪有什么宇宙人？"小活宝噘起嘴，"那热乎乎的海水，搅得我晕头转向，幸亏阿勇救了我！"她定了定神，详详细细地把看到的情景讲了一通。

"海水上下翻滚，暖烘烘的？"逗逗咯咯笑了，"噢！我明白了。这儿准是暖、热水流交汇的地方！我跟老师乘遥感飞机观测过。从高处看，这样的海域就像汪洋中的一根黑飘带。老师说，这就是黑潮！"

"对对，外公说过，黑潮中两股不同温度的海流相遇，海水相互冲突翻滚便会出现'群鱼会'的盛况！"闯闯不再猜疑有外星人捣鬼。

"嘻，太巧了，这场面让咱们三个碰上了，咱们真有福气！好兆头！我们准能找到'雪鸥号'考察船，把叔叔阿姨救出来！"小活宝挥

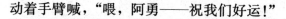

动着手臂喊，"喂，阿勇——祝我们好运！"

　　"群鱼会"蔚为壮观的热闹场面持续了许久，海面才逐渐平静。阿勇像"疯"够了的小顽童，懒懒地伴随着"小天使号"，向刚刚露出鱼肚白的东方前进。

迷航巧遇导航鸟　魔棍显威战鳄鱼

俗话说："老虎还有打盹的时候。"也许逗逗太累，开船时不小心打了个盹，"小天使号"竟撞到了一块暗礁上。

"哐当"一声，闯闯和小活宝被吓出了一身冷汗。逗逗先是懵了，后来不觉嚎啕大哭起来。闯闯跳到逗逗跟前，动作麻利地"倒车"。总算万幸，小游艇还能航行自如，船头仅被撞陷进去一个小窝。

"瞧，还说是姐姐呢，毛手毛脚，粗心大意！"小活宝嘟嘟囔囔一边埋怨着，一边仔仔细细检查船上的仪表。

"不好，导航系统失灵了！"小活宝哭丧着脸，"分不清东西南北，也分不清经纬，再往前航行就难了。怎么办？"小活宝呜呜咽咽地哭了，只是没有一滴眼泪。

闯闯觉得自己是个小男子汉，强忍着不哭，可也像泄了气的皮球，软瘫地瘫坐在驾驶座上。

小船迷失了方向，随波逐流地漂啊漂，就像一根白色的鹅毛，在汪洋中孤孤零零地任凭风浪摆布。

几个小时过去了，孩子们的心沉甸甸的。孤立无援的恐怖感，使他们紧紧依偎在一起。

"真没劲，再这样下去，食物和淡水吃喝完了，怎么办？"闯闯说，"前不着村，后不着店，太惨了！"

"唉！都怪我。现在回去也不行，前进也不行……"逗逗直叹气，"真是进退两难。"

"咦——海鸟！"小活宝透过舷窗看到，碧空飞过几只嘴儿尖尖，腹部、双翼乌黑，背部洁白的鸟儿，欣喜地叫道，"是导航鸟！哈，是导航鸟！"

孩子们立即争着把头探出窗外欢叫起来。因为亨亨博士多次为他们播放过有关海鸟的录像，所以他们知道这种鸟又叫鹦鸟，迷路的船只跟它走，也许会逢凶化吉！

闯闯抖擞精神，开着"小天使号"徐徐追随着导航鸟破浪向前。果然，前边影影绰绰出现了一座绿幽幽的小岛。

"万岁！"孩子们欢呼，"导航鸟万岁！"

美丽的导航鸟欢叫着，谦虚地隐进那小岛的丛林中。

这座小岛有如一片翠绿的荷叶儿，飘浮在汪洋之中。站在小岛的岩石上，便可看到四周弯弯曲曲的边缘。岛上林木郁郁葱葱，鸟语花香，三个孩子仿佛入了仙境。闯闯爬上树，摘下一串串黄澄澄的野香蕉，和逗逗两人吃了个够。机器人小活宝不食人间烟火，却很贪玩。她蹓蹓跶跶、东张西望，想把小岛风光尽量摄入自己的脑海。

在一个水塘边，她诗兴大发，学着亨亨博士的样子，双手一背，摇头晃脑，仰起脖子，扯开嗓子高声朗诵：

"啊——美丽的小岛，

碧绿苍翠，

像一张鲜嫩的荷叶，

浮现在茫茫的大洋之中……"

"瞧你，怪声怪气，一点也不押韵，哪像在朗诵诗呀？"逗逗瞪了小活宝一眼。

"嘻嘻，谁让亨亨博士不为我输入做诗的程序嘛？不过，我还是要给这岛起个名儿，叫荷叶岛……"说着，小活宝突然尖叫起来——啊哟不得了，原来有条龇牙咧嘴的鳄鱼，圆睁阴森森的小眼，"呼哧"钻出水面，猝不及防地咬住了小活宝的花裙子，把她当做了不速之客，使足劲直往沼泽里拖拽。

"救命！逗逗——闯闯——快救救我！"

逗逗跑来拦腰抱住小活宝，闯闯从野香蕉树上滑下，拦腰抱住逗逗，三人一道和鳄鱼展开了"拔河赛"。无奈那条鳄鱼力大无穷，三个孩子眼见就要被拖入水塘，成为它的"美餐"。千钧一发之际，小活宝突然眨眨眼，腾出一只手，从腰上拔出魔棍喊："魔棍长，魔棍短，让我变长变大莫变短！"

嗬，逗逗顿时感到小活宝的腰在膨胀，再也抱不住她了，手滑落下来。不一会儿，小活宝就变得像座小塔似的，叉开腿、咬咬牙，一使劲儿，啊哈哈——居然将大鳄鱼拖上了岸。小活宝又气又恼，用魔棍儿敲砸鳄鱼的脑袋。那鳄鱼见势不妙，狡黠地翻翻愣乎乎的小眼，一松口，就让小活宝跌了个仰面朝天——等她爬起时，鳄鱼早已悄然退缩到水塘里去了。

"好惊险！"逗逗惊叹，"小活宝，你真行！喂，爷爷给你的魔棍怎么这么灵？"她仰脸看着机器人小姑娘。

"那还用说？"小活宝一扫起初胆怯的样子，神气地炫耀，"只要我给魔棍信号，它就会给我能量。有了那奇妙的能量，我体内的人造器官、神经、肌肉，就会伸缩自如。这方面嘛，不是我夸海口，嘻嘻——你们永远比不了我！"

闯闯挠挠后脑勺，憨憨地说："逗逗姐，咱俩还真得认输呢！喂，小活宝，你既然已变大了，就暂时别变小吧！谁知道荒岛上还会出什么事？"

"放心，要过 12 小时，我才能恢复正常大小。"

"对对，你这么高大，我心里踏实多啦！"逗逗拍拍小活宝的小腿肚子，"不过小心，别踩了我哟！"

说着笑着，三个孩子回头惊奇地看到：水塘中央那条丑模怪样的大鳄鱼，早又若无其事地浮出水面，张开血盆大口，静静地任两只小小的鸟儿在它嘴中跳来蹦去。

"怪，瞧它眯着眼，显得好温顺！"小活宝气呼呼地嘟囔，"一反刚才凶神恶煞的样儿！"

"鳄鱼眼泪——假慈悲。"闯闯恨恨地说，"过一会儿，它准会一口吞下这两个小可怜。"

"才不呢！"逗逗向小活宝得意地翻翻白眼，"别看你那么高大，有的事可不一定明白。"

小活宝立刻逗逗姐长、逗逗姐短地哄着，请教为何鳄鱼不吃那两只小鸟的缘故。

逗逗这才告诉小活宝和闯闯：其实，鳄鱼属恐龙家族，是古老的两栖动物，大约一亿四千万年以前就生活在地球上了。别看它性情凶残，但对这种名叫燕子鸟的小鸟儿，却十分友好。为什么呢？——因为它要请小鸟们去啄食牙缝里的寄生虫！另外，燕子鸟要是发现有别的动物靠近鳄鱼，或发现有其他危险，就会狂叫着飞开，鳄鱼听到报警，自然就会潜入水中……

"噢！就像小鱼、小虾和水母共生一样，鳄鱼和燕子鸟也共生——逗逗姐，你的知识真丰富！"小活宝恍然大悟地拍拍脑瓜。

"真是位聪明透顶的机器人小姑娘！"逗逗亲切地拍拍小活宝粗壮的小腿。

"别互相吹捧啦，"闯闯说，"当务之急，是去救'雪鸥号'科学考察船。"

孤岛凄凄唱星星　大海茫茫话海火

"罗经坏了，下海也白费劲。咱们得想想办法！"逗逗愁眉苦脸，"咱们连指南针也没带！"

"等星星出来，找到北斗星，就可以继续向南。"闯闯充满信心。

海风徐徐地、软软地吹抚着孤岛上的三个孩子。他们相依相偎，坐在礁石上等待夜幕降临，期盼星星闪现。海浪像一簇簇白菊花，从礁石上跃起又落下。导航鸟纷纷从远方归来，欢叫着在小岛上空旋转几圈，便悄悄躲进丛林栖息去了。天色渐暗，终于有几颗星星从灰色的天幕上闪闪烁烁、抖抖颤颤地跳了出来。小活宝很高兴地记起一首关于星座的歌谣，便朗朗地唱道：

双鱼喷水湿白羊，白羊蹦跑撞金牛。

金牛怒抵双生子，双子惊抓巨蟹脚。

巨蟹钳住狮子尾，狮子怒吼向室女。

室女仓皇碰天秤，天秤歪倒砸天蝎。

天蝎螯痛人马背，人马张弓射摩羯。

摩羯踢翻大宝瓶，天瓶水泄洒双鱼。

"唱些什么呀？乱七八糟！"闯闯直摇头。

"这歌谣说的是黄道十二星座！"小活宝解释说，"很久以前，古罗马就有人把天上的星星分为十二个星座，认为这些星座形成金灿灿的

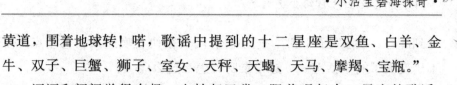

黄道，围着地球转！喏，歌谣中提到的十二星座是双鱼、白羊、金牛、双子、巨蟹、狮子、室女、天秤、天蝎、天马、摩羯、宝瓶。"

逗逗和闯闯觉得有趣，也拍起巴掌，跟着唱起十二星座的歌谣，希望星星越来越多，越来越亮。

可惜，那些刚闪现的星星没逗留多久，便被夜雾驱散了。寒气袭来，使小岛越来越凄凉。三个孩子失望地唉声叹气。

这时，黑黝黝的海面突然飘起一朵朵蓝色火花。火花摇摇曳曳，时起时伏，不大一会儿，就连成蓝荧荧一大片。

"哇，真好看。难道天上星星坠进大洋里啦？"闯闯轻声赞叹。

"不对。这回兴许真是宇宙人在捣鬼？说不定他们就在这片汪洋的底下藏着！"逗逗有点紧张，"也许，他们知道'雪鸥号'的下落，我得下海去瞧瞧。"

"咳，你这么一丁点儿小，镇不住宇宙人。瞧我的！"小活宝轻轻

走到海边，吹了几声口哨，把小海豚阿勇很快召唤过来。它差点儿认不出变大了的小活宝——这是谁呀？怎么这么庞大？

"喂——我是机器人小活宝哇！快陪我到前边蓝光闪闪的地方去侦察侦察……"

阿勇终于明白了，忠实地带着小活宝，朝蓝色的星火游去。

嗜！原来是一群又一群神奇的小鱼儿在捣鬼！瞧它们，一个个圆圆的大眼睛下方，都装备着一盏盏闪闪发光的小灯笼，忽亮忽灭。小活宝跟着它们游啊游，终于想起来：海洋百科全书里说过，这类鱼叫发光金眼鲷，眼下的小灯笼里，贮存着许多能发光的磷光菌，因此也叫灯笼鱼。遇到有可口的食物，它们就打开灯笼，一亮一亮地发信号，相互传递信息。小活宝生怕惊动了这群可爱的小鱼儿，便和阿勇轻轻回头上岸，把发光金眼鲷的情况绘声绘色描述了一遍。

"真是，逗逗姐老爱疑神疑鬼的，"闯闯舒了口气，"外公说过，许多海洋生物身上都有磷光菌。磷光菌体内有萤光素和萤光酶。这些物质氧化了，就会发光。这种光，叫海火！怎么就忘了？"

"嗤——刚刚还说是星星掉进大海了，现在才说是海火。算了，反正今夜没星星，船又开不了，咱们还是找个地方睡一觉吧！"小活宝实在困了。

闯闯自告奋勇，去岛上其他地方寻找寻找，看有没有岩洞什么的。他还像个真正的小男子汉那样，嘱咐逗逗和小活宝在原地别动。

幸亏洋面有金眼鲷发光，才使朦胧的荷叶岛上丛林和岩石依稀可见。闯闯走后没多久，就传来他那兴高采烈地叫唤声：

"嗨——逗逗姐，小活宝，快过来！这儿有最最棒的东西可以睡觉！"

酣声甜甜入砗磲　喜获罕见大珍珠

……是什么最棒、最棒的东西，可以住人呢？

借着朦朦胧胧、闪闪烁烁的海火，小活宝和逗逗惊喜地看到：一块大礁石的背后，斜躺着两只足有小孩床那么大的巨蛤。每只巨蛤有两页微微张开的壳，壳面长着一道道美丽的沟纹，壳的内膜光滑诱人。蛤肉早已没有了。

"噢，多么漂亮、多么大的蛤蜊壳！"逗逗赞不绝口，"啧啧，太棒了，太美了！赶快进去美美睡一觉！"

"什么大蛤蜊、大蛤蜊的？这玩意儿学名叫砗磲嘛！"闯闯挺神气地说，"忘啦？在海洋博物馆的展室里就有。讲解员阿姨说过，这是一种最大的软体动物，专门吞吃一种小海藻，让食物在体内循环。循环到朝阳面时，食物就和阳光发生光合作用，为砗磲提供丰富营养。"

"砗磲本来就是大蛤嘛！"逗逗不服气，争辩道，"它自体制造食物的方式，的确独一无二。可你忘啦？那位阿姨还说，古代的李时珍在本草纲目中写道：'砗磲，大蛤也！'哼，李时珍大医学家能叫它大蛤，我为什么不能？"

闯闯服输了。小活宝也被他们姊弟俩的争吵逗乐了。

经过一番协商决定，小活宝和逗逗合住一只大蛤，闯闯单独住另一只大蛤。

"怎么样？我俩合住一个大蛤，你单住一个大蛤，咱们都在大蛤中过夜。我偏说大蛤、大蛤！"

逗逗的犟劲儿，惹得闯闯和小活宝笑个不停，逗逗自己也"噗嗤"一声笑了。

三个孩子一台戏，荷叶岛的夜晚就不那么寂寞了。

12 小时已过，为使自己能和逗逗姐合住一只砗磲，小活宝拔出魔棍，使自己由一座小塔松那般大，变成大拇指那么一丁点儿小。

"哎呀，小活宝你在哪？"逗逗见不到小活宝，急了。恰在这时，她上衣胸口的布袋里，探出一颗小脑袋：

"嘻嘻，我钻进你口袋了！逗逗姐。"

逗逗这才小心翼翼，爬进那只大点儿的砗磲里去。为了不压着小活宝，她仰面屈腿，枕着手睡。

闯闯美滋滋地挠挠头，用劲把另一只砗磲的两扇大壳再掰开一些，一头拱了进去。

砗磲内壳又干净又滑溜，睡在里边又挡风又安全，真不赖！四周静悄悄的，浪涛拍打着礁石，那有节律的"哗哗"声，就像大自然母亲的催眠曲，催得孩子们很快就美滋滋地安然入睡了。

他们太累、太倦，大蛤中传出了甜甜的鼾声。

小活宝一觉醒来，想起那次在海滩和小寄居蟹换房子的事，觉得真有趣！逗逗姐的口袋捂得她热乎乎的，她想爬出砗磲，一方面透透气，一方面看看深夜的海边还有什么趣事。谁料到刚爬出逗逗的衣袋，就惊喜地发现，这只大砗磲内膜的上方，有一盏亮闪闪的大圆灯，正放射出悠悠的绚丽光芒。她不相信自己的眼睛，使劲地揉揉，再仔细地看，那光芒依然十分绚丽：柔和的蓝绿色中，夹带着浅浅的玫瑰红。

"逗逗姐，快醒醒！"小活宝又是拽逗逗耳朵，又是捏逗逗鼻子。

"闹什么嘛？困死我啦！"逗逗缩缩脖子，干脆打起呼噜，怎么也折腾不醒。

小活宝爬出砗磲，见天色仍然昏暗，星星仍没出来，便钻进闯闯的砗磲，用魔棍敲打闯闯的臂膀。闯闯很警觉，抬头睁眼问："谁？"

"我，小活宝！闯闯哥，我们那只大蛤中有宝贝！真的，闪闪烁烁

的发亮光呢!"她那细小的声音在静寂中,显得很清晰。

"那你先出去等着,别让我不小心伤着你!"

小活宝钻出砗磲后不久,闯闯跟她一道来到逗逗睡的那只大砗磲前。闯闯把头探进去一看,立刻情不自禁地叫道:"真的,蛤膜上边有盏神奇漂亮的灯!不得了!咱们找到宝贝啦!"

逗逗这才被吵醒,立刻也被眼前的景象迷住了。她忙钻出砗磲,三人费了九牛二虎之力,才把这0.5米宽、1米长的砗磲的两页大壳全掰开。嗬,原来这里藏着一颗像45瓦电灯泡一般大的珍珠!怪不得那么光彩夺目呢!

三个孩子齐声欢叫着,围绕着砗磲又蹦又唱:

"大蛤好,大蛤妙,

养出颗珍珠像灯泡!……"

唱够了、跳够了,小活宝在内,闯闯逗逗在外,又花费很多精力,才把珍珠轻轻剥离,小心翼翼抬着这颗足有二三千克重的大宝贝来到岸边,把它放到"小天使号"的储货室里珍藏起来。小活宝一边把自己恢复到正常大,一边提议:

"我们把它送给亨亨博士!"

"对,送给爷爷!爷爷肯定喜欢这稀世之宝!"

他们正兴奋地议论着亨亨博士看到大珍珠后,会如何如何高兴时,不料小活宝脖子上的对讲机响了:

"哼!我才不要什么稀世之宝——我问你们:你们给我留的条子,根本没说要跑那么远、那么久,你们搞什么名堂?为什么扯谎?我费了好大劲才从电脑上找到你们,调整了对讲机,才和你们联系上!唉!你们三个小家伙,让爷爷担心啊!"

听到遥远的亲人的声音,孩子们鼻子酸了,齐声哭喊:"爷爷,我们错了,我们坦白交待!"

误将鲸背当小岛　嬉闹欢歌过赤道

小活宝把事情经过原原本本"从实招认"，还主动承担了责任。

"为了救爸爸，救'雪鸥号'考察船，我们太性急，'小天使号'触礁了，罗经坏了。"逗逗抽抽嗒嗒地求饶，"爷爷，我们现在在一座小岛上——我们叫它荷叶岛，我们迷失了方向……请爷爷帮助我们，原谅我们！"

亨亨博士沉默了一会儿，说："嗯，别泄气，我的小航海家们！回来拿个新的罗经，照着船上说明去换上吧——这艘小船是我亲自组装的，各种备件家中都有着呢。闯闯不是见我整修过这船吗？"

闯闯气急败坏地把嘴凑向对讲机："哎呀外公，您老糊涂啦？咱们迷航了，怎么回去换仪器？"

"嘿！你才是个小糊涂虫！"亨亨博士半嗔半怒，"小活宝刚才不是说，海豚阿勇跟你们在一道吗？它准认识回来的路！"

三个孩子这才恍然大悟，"好博士、好爷爷、好外公"地叫个不停。亨亨博士细心嘱咐他们一番后才挂断对讲机。逗逗奔向海边，吹起口琴。阿勇从远处游来，美丽的朝霞为它的圆脑袋抹上一层金光。它小小的圆眼里闪露出一丝埋怨，似乎在问："瞧，这么长时间，你们也不理睬我，把我忘啦？"

小活宝发出次声波，向阿勇交待任务。阿勇摇头摆尾，欣然接受，从鼻腔"噗嗤噗嗤"地发出一串串惟有小活宝才听得明白的声音，答道："阿勇明白！保证完成任务！"然后，它在洋面跃出一个大弧形，算是向小主人们告别……

风和日丽，清新的空气，湛蓝的海天，令人心旷神怡。在等待阿勇返回的时候，小活宝很有兴致地在海中畅游。

"怪了！前边怎么又冒出一个小岛？"那座约十多米长的椭圆形小岛，黑糊糊的。岛上稀稀拉拉地长着一些乱海草。闯闯和逗逗也看见了，觉得十分奇怪。于是三人一道乘"小天使号"登上岛去。这座小岛比"荷叶岛"可差远了！孩子们正想给它也起个名时，突然感到小岛颠颠抖抖地晃悠起来。

"啊唷，小岛漂移啦！"眼看着小岛离他们心爱的"小天使号"越来越远，逗逗大惊失色。

"了不得，小岛还要下沉！"闯闯也慌了神。

"别急，我去开小船来接你们！"小活宝关键时刻学会了沉着。她跳下小岛，飞快游上小艇。

等逗逗和闯闯跳到"小天使号"上镇定下来才看清楚，嗨，"小岛"其实是一条体形肥大而臃肿的座头鲸！

一缕缕五彩缤纷的霞光洒在海面，座头鲸一边缓缓绕着小白船转呀转，一边抬起头来，斜着圆圆的小眼，气愤地打量刚才胆敢骑到它背上嬉耍的孩子们。

"它会不会发怒，掀翻咱们的船？逗逗姐，快想想办法！"闯闯小声说，连大气也不敢喘。

"逗逗姐，快吹口琴！吹得柔和一些。座头鲸在海底常唱歌，它们个个都是碧海歌手。听到琴声，它或许会对咱们客气些。"

逗逗忙掏出口琴，悠扬地吹呀吹。琴声在空旷的海面上穿云破浪，十分悦耳动听。渐渐地，座头鲸静静温顺下来，并尾随着"小天使号"，恋恋不舍，不肯离去。不一会儿，一个意想不到的事情出现了：

那条座头鲸慢慢儿翘起尾巴，尾巴下侧有条漂亮的青色小鲸鱼，挣扎着在音乐声中诞生了！当小鲸鱼刚要沉下海时，突然从海底又游出另外两条雌座头鲸，轮番把小家伙顶出海面，让它呼吸。

聪明的小座头鲸很快学会了游泳。它夹在妈妈和两位"阿姨"的中间，十分自在地随着口琴声游了数圈之后，才随着大座头鲸们频频回首，辞别"小天使号"，向远方游去。

"噢！总算平安无事！"闯闯大喘一口气，"怪不得外公说，鲸鱼其实不是鱼，和海豚一样，它们也是胎生的，用肺呼吸。而鱼是卵生的，用鳃呼吸。哈，今天咱们可真是又大开眼界啦！"

"要是它们再不走，我吹口琴都要吹破嘴唇啦！"逗逗喘了口粗气，耸耸肩，"它们非常可爱！"

"它们挺温顺的，与人很友善！"小活宝感慨地说，"它们十分爱护刚出生的小鲸，我真感动！"

为避免再出什么麻烦，三个孩子不敢再在海中瞎转悠了。他们回

到荷叶岛，焦急地等待小海豚阿勇，期盼它早点把新的罗经送来……

阿勇真不愧为海洋中最聪明的动物，两天不到，它就背负着一只密封匣子千里迢迢、准确无误地游回荷叶岛，很神气地出现在孩子们面前。

小活宝跳下海，解开亨亨博士为阿勇缚在颈背上的小匣，又匆匆登上"小天使号"，让闯闯把破损的罗经拆下，换上新的。

"噢！原来咱们已靠近赤道，离'雪鸥号'出事的地方不远啦！"闯闯学着亨亨博士修船的样子，用螺丝刀、钳子卸下破罗经，麻利地装上新罗经，对照海图，找到了"小天使号"目前在大海中的位置。一切就绪，"小天使号"又要启航出发了！

"继续前进！救出'雪鸥号'！"逗逗昂首挺胸，甩甩她的长头发，把手一挥，俨然像位女船长。

"前进！"小活宝欢欣鼓舞地叫喊。

有了指示方位的仪表，他们信心十足。更何况，亨亨博士没有再指责他们，还派遣阿勇送来了新罗经，这无疑是一种无声的支持啊！

"小天使号"把它身后的碧波划出了白花花的一个大"人"字。小海豚阿勇不辞辛劳，伴随着它的小主人们继续破浪向前。

天气越来越热。红彤彤的太阳像个红脸醉汉，在蓝悠悠的天空中，冲着小活宝、逗逗和闯闯傻笑。

"快过赤道啦！"闯闯边开船，边瞭望前方。

"喂，逗逗！"小活宝兴奋地欢叫，"过了赤道再往南，就是企鹅王国了。海洋百科全书上说，船员们过赤道都要举行仪式！外国船员戴假面具、跳舞，中国船员们放鞭炮、敲锣鼓。说是这样能驱妖魔、保平安！喂，逗逗姐，真是这样吗？"

"抛锚！"逗逗手叉腰，拿出"船长"的派头命令，"咱们也庆祝一番。这可不是迷信，而是为了鼓舞斗志，增强营救'雪鸥号'的勇气和信心！"

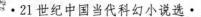

　　于是，闯闯拿起不锈钢饭盒和小勺子，叮叮当当敲打起来；逗逗扯下睡铺上的花格床单，披在身上吹起口琴；小活宝用报纸剪出一个大花面具戴上，提起小洗脸盆当锣敲。他们兴致勃勃跑上甲板，在高悬的烈日下又蹦又跳、又唱又闹，逗弄得阿勇在船舷边也激动万分，一会儿跃到半空翻筋斗，一会儿直立水面跳"华尔兹舞"。直到玩累了，三个小伙伴才回舱，直挺挺地躺到铺上休息。

　　小活宝躺在生活舱后边自己的床铺上，不停眨巴着眼睛，迅速搜索脑中的知识储存库，追忆着有关太平洋的资料，以便计划下一步行动：

　　——浩瀚辽阔的太平洋，占去了整个地球的1/3面积——南太平洋，星罗棋布着20000多个岛屿，其中有火山岛、珊瑚岛和暗礁……

　　"闯闯、闯闯，南太平洋大大小小、各色各样的岛屿、礁石很多，咱们得小心开船！"小活宝嘱咐。

　　"是，机器人小姐！"闯闯肃立着，淘气地朝小活宝敬个礼，去驾驶室继续开船。

海底岩洞壁画美　博士细述锰结核

逗逗打了个盹，睁开眼。她从"小天使号"的舷窗向外望去，瞧见远处有一个黑点儿，在茫茫大海中起伏跳跃。她举起望远镜，细细再看：哦，又是一座美丽的小岛！岛上椰树婆娑，还有一些奇形怪状碉堡似的石砌小屋，显得神秘莫测。

到了，到了！漂流瓶里那张纸条儿所说的经纬度，正是在这一带！三个孩子不由得紧张万分，心跳得几乎撞破嗓子。"小天使号"悄悄儿向小岛靠拢。孩子们商定：要是遇到外星人，就说是小船迷了航，偶然来到这儿。然后，派海豚阿勇去向亨亨博士报信。

天色已暗，苍茫昏暗的暮色掩护着小船靠上了多礁的岸边。这座小岛虽然偏远，并不荒芜，却很恐怖，形态各异的石屋，有的顶端竖着令人恐怖的骷髅；有的屋门造成龇牙咧嘴的狮子口；有的房檐雕着吐舌的毒蛇，令人不寒而栗。石屋掩映在椰林中，外边有电网围绕。一座筒状碉堡威风凛凛地站在大门外，外人根本无法进去。近岸处还有块大黑石碑，上边刻着几行字。孩子们在岩石、椰树的掩护下悄悄上岸，匍匐前进。阵阵海风瑟瑟吹来，真让人心慌意乱。外星人是什么模样？像章鱼那样怪里怪气、狡猾多计，还是像传说中的妖魔那样牛头马面、凶狠毒辣？

"嘿！这儿哪是什么宇宙人的基地？明明是个海盗窝！"闯闯首先

看清了黑石碑上刻写的"哈尔海霸岛"几行白字——分别用英文、中文和其他文字刻写。

"嘘——小声点！既然是海盗，就比外星人好对付！"逗逗定了定神儿，胆子也大了些。

"瞧我的，我变小，钻过铁丝网去探听探听情况。"小活宝也来了精神。

说着，小活宝拔出魔棍嘟囔一阵，摇身变成了"拇指姑娘"，毫不费劲钻过了铁丝网……

"啊哈，猫头鹰，再给我斟杯酒！"小活宝在高高的椰树上，看到一座石楼中，有个满脸横肉的红脸大汉，手舞足蹈地用英语吆喝着。他坐在鳄鱼皮靠背椅上，命令着那个长着鹰钩鼻的瘦高个儿。小活宝很庆幸亨亨博士当初让机器人公司为她输入了中、英两国的语言翻译功能，现在能听懂他们的话。

"我说哈尔——"猫头鹰一边为主人倒酒，一边想说什么，却被主人狠狠瞪了一眼。

"嗯？不准对我直呼其名！要知道，猫头鹰，我是头儿！你得守规矩！"

"是，头儿。您真英明！要是'雪鸥号'上的海洋学家们果真进了那海底岩洞，咱弟兄们可就要大发横财了！"

"哼，那些科学家可真难对付！要不是指望他们潜进海底岩洞，取出那些无价之宝，我早就把他们统统杀了！一个不留！"

小活宝急忙回到岸边。她打开眼灯，以便逗逗注意到小小的她已回来，并跳到了闯闯肩膀上。听了小活宝的叙述，他们断定：那神秘的海底岩洞，准在附近。小活宝又自告奋勇，要和小海豚阿勇去寻找岩洞，让逗逗和闯闯驾驶"小天使号"在海上观察动静。

"海底岩洞一定在海底山脉中，我先在附近找到海底山脉！"小活宝经过前一阶段的大洋探险，学会了"推理分析"。

闯闯立即轻吹口哨，召来阿勇。阿勇心领神会，立即让小活宝骑到它背上，直向西南方向游去。然后，它又带着小活宝往水下潜去。果然，这儿有座小山，山顶一直冒出洋面。小活宝打开自己的眼灯，伏在阿勇背上细细侦察、摸索。突然，她发现泥沙上有一串串脚印。遁脚印觅去，终于看到一个山洞。海水在洞前轻轻荡漾，洞口的石壁上爬满了小贝壳和海藻。

"阿勇，快，快去叫闯闯、逗逗下来!"小活宝急切地拍拍阿勇圆圆的脑袋，用次声波命令着，自己留在山洞口。

阿勇跃出水面，按小活宝的要求，在"小天使号"前跳跃翻腾了三次。闯闯和逗逗接到事先约好的信号，赶紧套上人工鳃和潜水衣，紧随阿勇潜入海底。

"洞里全是海水，不会有什么金银财宝吧?"闯闯左顾右盼，顿生疑虑。

"但是，这一串串进进出出的'水鬼'脚蹼印儿证明：这里确实有人来过!"逗逗细心地侦察着，小心翼翼前进。

"闯闯，别打退堂鼓! 亨亨博士常说：'不入虎穴，焉得虎子?'快，进去瞧瞧!"小活宝为闯闯打气。

于是，小活宝像一条会发亮的灯笼鱼在前领路，闯闯在后，逗逗在中间，三人壮着胆儿鱼贯而入。

起先，洞中除了深绿色海水外，什么也没见。但渐渐地，开始有石阶在脚底出现。顺着石阶往上，爬呀爬，突然间眼前豁然开朗，一个美妙无比的"神话世界"便展现在孩子们面前……

这是一个神秘莫测的岩洞，洞壁和洞顶高出水面。一缕缕清光从洞顶漏出，照着四壁那许许多多美丽的壁画——展翅飞翔的白仙鹤，礁石上看落日的美人鱼，披着兽皮狩猎的远古人，长着双翼的天使，奔腾的战马，风尘滚滚的木轮车等等，五彩缤纷、栩栩如生，令人目不暇接，看得孩子们完全忘了危险和烦恼。

"棒极了！是谁在这么险恶的地方画出这么漂亮的画？"闯闯十分诧异，失声喊道。

"亨亨爷爷年轻时参观过这样的水下岩洞，"逗逗说，"远古时代，这些山是在陆地上的，以后才被大海淹没！"

"啧啧，这些画家太能干！不知他们作画时，是用什么工具把自己悬得那么高的？"闯闯赞不绝口。

"和复活节岛一样，这岩洞也是个谜！嗨，这世界可真大，真奇妙，历史遗留下来的谜太多、太多啦！"小活宝看得如痴如醉，感慨万分，摇头晃脑不停感叹！

三个小伙伴被水下岩洞的美景征服了。过了许久许久，才想起他们重任在身。赶紧仔细地四处寻找，却始终不见海盗踪影和"雪鸥号"上的人员，更不见什么金银珠宝。怎么回事呢？"雪鸥号"究竟在哪里？逗逗的爸爸和船上的叔叔阿姨们在哪里？难道那个红脸海盗头头讲的话是假的？正当他们迷茫失望时，小活宝发现岩洞旮旯里塞着一团纸烟壳。

"逗逗，闯闯，快看！"她十分得意自己的发现，"纸烟壳！——古人只抽烟斗，是不会有纸烟壳的！"她摊开烟壳趴着细看，上边有行铅笔字：

我们被逼来此寻珍宝，未曾寻到。现又去由此向西南不远处深邃的海底，打捞锰结核。

——雪鸥

"这回可真有眉目了！"逗逗欢叫起来……

可是什么叫锰结核？海盗为什么要让科学家去打捞锰结核？孩子们都不明白。他们决心弄明情况再跟踪追击。

小活宝使劲儿眨眨眼，默默把岩洞里的神奇壁画，一一摄录贮存进她的"脑海"。然后，随着逗逗、闯闯小心翼翼走下一级级台阶。大

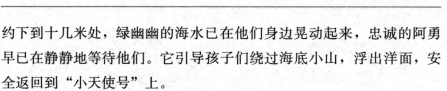

约下到十几米处，绿幽幽的海水已在他们身边晃动起来，忠诚的阿勇早已在静静地等待他们。它引导孩子们绕过海底小山，浮出洋面，安全返回到"小天使号"上。

孩子们明白必须马上搞清楚什么是锰结核？它有多大价值？才能去和海盗周旋。

"还是让我用对讲机报告亨亨博士，请他设法派船和直升飞机来帮我们对付海盗！"小活宝站在逗逗肩膀上建议。

"别出馊主意啦！要是派直升飞机和船来准会打草惊蛇。不但海盗逃之夭夭，还可能伤害到'雪鸥号'上的科学家。"逗逗连连摇头，"这样吧，你可以变回老样子了，咱们先请教爷爷关于锰结核的事，然后一块儿合计合计，看看怎样和海盗周旋。"小活宝觉得有理，就跳下逗逗的肩膀，变大后接通了对讲机。

"喂喂，孩子们，现在你们到了哪儿？要我帮什么忙吗？"对讲机传出亨亨博士亲切的声音，"是不是你们又遇到什么麻烦了？"其实，老博士早已向上级作了汇报。有关部门正在暗中保护着这三个孩子呢！

"我们想你呢，亨亨博士。到目前为止，还没遇到什么麻烦。只是……"小活宝吞吞吐吐，"我们三个都想了解一些锰结核的知识……"

"对对！外公，"闯闯凑过来说，"我们三人在打赌。逗逗姐说，锰结核是海里的一种金属；我说，是一种石头；小活宝却说，是一种海生物……"

"你们三个小家伙都输啦！喏，锰结核嘛，是一种海底的矿瘤。它呈黑褐色，一般藏在水深 2500～4000 米处。它们小的直径不到 1 厘米，大的可达 20 厘米，样子像土豆……"

"爷爷，这种矿瘤稀罕、珍贵吗？"逗逗急迫地问。

"噢，锰结核的经济价值很高。它的核心，最初是远古时代海生物的残骸。以后残骸四周集聚了各种元素，如锰、铁、铜、钴、镍等。别小看它们啊，1000 年才增长 1 毫米左右，形成一个锰结核球，要几

十万年、甚至上亿年呐！喏，逗逗，你爸爸的那艘海洋考察船，就有能力发现和开采锰结核。锰是一种稀有金属，经济价值可观哩！"

原来是这样！孩子们终于明白了：海盗们在海底岩洞中没找到金银财宝，接着又逼迫"雪鸥号"去挖掘锰结核。他们时时做着黄金梦呢！

"爷爷，不打搅了。您祝我们顺利成功吧！"

"祝你们成功!"亨亨博士语重心长地说。

逗逗恋恋不舍地关掉了小活宝身上的对讲机。

下一步该怎么办?嗯,既然海盗们想不劳而获发大财,咱们就以毒攻毒对付他们。

"我有一条妙计!"小活宝眨眨眼,挺神秘地说。

"哎呀,别卖关子,有点子快出,'雪鸥号'还等着咱们去解救呢!"闯闯急得直拍腿。

"嗒,咱们不是有了一件稀世之宝吗?用它可以当诱饵!不怕海盗不上钩。"

逗逗和闯闯茅塞顿开:小活宝原来是想用从砗磲里剥下来的那颗美丽的大珍珠钓"大鱼"呢!真是好点子!虽说舍不得,但是大洋浩瀚,想找到正在挖掘、打捞锰结核的"雪鸥号",太难了。惟有用这颗大珍珠,才可能尽快引诱贪财的海盗讲出实情来……

勇士智闯海霸岛　钓"鱼"巧用稀世宝

"小天使号"折转身，开回海霸岛。这回，他们不再躲躲藏藏，而是故意大大咧咧来到贼窝的大门外。

"喂，海霸大叔！有位外星人想见你们。"闯闯扯开嗓门大叫，还特意双手叉腰，摆开架势。

碉堡中的三个海盗先是大吃一惊，随后便哈哈大笑。因为透过碉堡窗口，他们见到的，只是三个十岁多点的小毛孩！他们用电话把此事报告给了海盗头儿。头儿正觉得无聊，便下令把这三个小小的不速之客，召来给他开开心。

见到满脸横肉，红脸、红发、红胡子的海盗头，逗逗又气又恨，不由地瞪圆了眼、捏紧了拳，想好的话全丢到九霄云外去了，急得小活宝直朝她挤鼻子弄眼，惹得海盗头头顿时起了疑心。幸亏闯闯壮着胆子滔滔不绝地编了一套"谎言"，说什么自己和表姐逗逗乘"小天使号"玩耍，谁知竟碰上了一个自称"外星人"的小姑娘，硬逼着他俩把"小天使号"开到了这座岛上——"喏，她就是外星人！"

"唔?"海盗头儿盯着小活宝，"你从哪个星球来？怎样才能证明你是外星人？你想要什么花招？"

从哪个星球来？糟了，怎么没想到这问题？小活宝有点心慌。但她很快想起了"黄道星座"，便信口胡诌："我嘛，从室女星座的 C 星

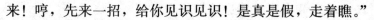

来！哼，先来一招，给你见识见识！是真是假，走着瞧。"

她刷地拔出魔棍，嘴中念念有词。不大一会儿，她就变呀变，变得足足比海盗头儿高出 1 米还多。这一招可真灵，吓得海盗头儿连忙频频躬腰曲背，频频行礼：

"外星人小姐息怒，外星人小姐息怒！有用得着我的地方，请尽管吩咐！"

小活宝亮开嗓门，大喝一声：

"哈尔！"

海盗头打了个哆嗦。心想：了不得，这外星人小姑娘果然不凡，还知道我的名字。

"听着，我是室女星座 C 星的海洋学家！现在想借用你的'雪鸥号'和船上的科学家，去考察你们地球的南大洋。"

怪，怪！外星人还知道"雪鸥号"的事？哈尔更懵了。但他还是狡猾地说：

"尊敬的外星人小姐！你真了不起！小小年纪，就当专家！我很愿意为您效劳。只是'雪鸥号'的科学家们，正在为我打捞锰结核。要是把他们借给您使唤，那我和我的兄弟们，可就得挨饿了！"

小活宝双手一背，朝逗逗使了个眼色。

"哈尔先生，"逗逗已镇静下来，"这位外星人带来了一颗很大很大的珍珠，她要用它换取'雪鸥号'和船上的人……"

"那颗珍珠大得喜人，可漂亮呐！"闯闯眉飞色舞地比划着，"比海霸先生的脑袋小不了多少！"

哈尔来了兴致，一挥手，召来了几个海盗，随同小活宝等人走出戒备森严的大门，来到海岸边。当他见到闯闯和逗逗两人抬着亮灿灿、光闪闪的银白色大珍珠走下"小天使号"时，马上惊羡得目瞪口呆，两眼不由地直瞪瞪地射出了贪婪的光。凭他的经验断定：这的确是一件难得的稀世之宝！哈尔立刻咧嘴笑道：

"来人！快把珍珠和贵客，请进咱们的香宫！"

小活宝和逗逗、闯闯被带进一片郁郁葱葱的椰树林。椰林尽头闪出了一幢红色拱顶的石屋。踏进门去，一股股清幽幽的香气扑鼻而来，沁人肺腑。两个海盗将大珍珠放入一只浅绿色的大玉盘中，还端来了椰子汁、面包和火腿。

"报告海盗先生，外星人吃不惯地球人的饭！"闯闯馋涎欲滴，直咽口水，"不过——我和姐姐可真饿了。"

"唔，逗逗、闯闯，请你们代我吃了吧，别辜负了哈尔的好意。"小活宝一时得意忘形，失言道，"吃饱了快去看'雪鸥'！"她独坐一张三人沙发，显得特别庞大。

嗯？难道他们要去救"雪鸥号"？这外星人怎么和两个地球小家伙如此亲密？海盗头感到蹊跷，可是表面上仍不动声色。

逗逗和闯闯实在饿了，只顾狼吞虎咽。哈尔趁机向小活宝试探"虚实"，出题考考她。

"外星人小姐，您说 C 星和地球很相似，而您又是海洋学家，智慧超人。那么，您一定明白，我这香宫为何这么香？"哈尔眼球骨碌碌直转，仰着头盯着小活宝。

小活宝猝不及防，难免有点打怵。但见到逗逗笑嘻嘻地对着她点头，便把头一昂：

"这问题简单！我们 C 星的屋子，间间都这么香。为什么这么香嘛？——我早已告诉了这位逗逗小姐。喏，请她告诉您。"

逗逗赶紧抹抹嘴，侃侃而谈。她说："这石屋嘛，准是用龙涎香熏过。龙涎香嘛，长在抹香鲸胃里，是一种类似结石的东西。这东西每过几年，就会被抹香鲸吐出来一次。刚吐出时很臭很臭，但是干燥后经过加工，就异香扑鼻。古代中国的宫殿里，也常用龙涎香来熏帷帐——哈尔先生，对吗？"

"对对，外星人小姐果然博学多才！"哈尔暗暗惊叹。不过——怪，外星人怎么还知道中国古代宫殿里的事？他抬头再瞥一眼"外星人"，只见她尽管又高又大，但两眼却射出淘气的、得意洋洋的光芒，显得很稚嫩。于是，他进一步以试探的口气说："外星人小姐，我还想请教，不知您了解不了解大西洲的故事？"

糟了，小活宝心想：当初往头脑里输入海洋知识时，偏偏没注意到有关大西洲的故事，这下可要露马脚了。她向闯闯投去求援的目光。只见闯闯故意斜眼笑着不理她。她一急，干脆下"命令"：

"喂，闯闯小老弟！忘了我给你讲的大西洲故事啦？你给哈尔讲一遍，别白吃了火腿椰子汁！"

闯闯无可奈何地瞅了小活宝一眼，便冲着海盗头大声讲道："相传，在很久很久以前，有一个大西国，那里的人民安居乐业，经济繁荣，文化昌盛。不料有一天，狂风四起，白浪滔天，大西国很快被海水吞没，沉到了海底。从此，那里便成了大西洋。人们怀念那片古老的土地，称它为神秘的大西洲……"

"不错不错！"海盗头挠挠头，捋捋他的红胡子，狡黠地盯着小活宝："喂，外星人小姐，我还想亲耳聆听您的指教：为什么我在宰杀海龟时，常常见到它们流泪？这是否意味着它们在求我大发慈悲，手下留情？"

小活宝和逗逗、闯闯都吓一大跳：难道，海盗识破了他们的来意？在借机威吓他们？幸亏小活宝对海龟流泪的事心中有底，便故意哈哈大笑：

"哎呀呀，亏了哈尔你在大海中闯荡了这么多年，还自称是海霸，竟连这么一丁点知识也不懂。告诉你吧！海龟流泪只是一种生理现象。它在海里，渴了喝海水，饿了吃海藻，体内的液体和血液积累了许多盐。所以，要经常靠流泪把盐分排出体外啊！"

原来，早在亨亨博士为小活宝灌输海洋知识时，她就对"鳄鱼泪"感兴趣。鳄鱼在吃小动物时，常常假慈悲地流眼泪，其实呢，它只是

为了排出体内多余的盐分，保持体内盐分的平衡！聪明的小活宝很会举一反三，为海龟流泪也找到了答案。海盗哈尔实际上真的不懂海龟流泪的道理。他心虚地认为：海龟有灵性，说不定什么时候要惩罚自己！现在经小活宝一解释，如释重负，对小活宝更加佩服得五体投地——这么年轻的外星人小姐，竟这么有学问，得罪不起啊！哈尔马上答应带小活宝去见"雪鸥号"的科学家。条件是：必须留下逗逗和闯闯，在海霸岛当人质，以便"外星人"完成地球南大洋考察任务后，用"雪鸥号"换回她的两位地球人好朋友。

逗逗和闯闯急得直摇头。小活宝心想：只要救出"雪鸥号"，再回来救逗逗、闯闯也不迟。便朝逗逗、闯闯挤挤眼，答应了海盗的要求。哈尔这才放了心。

喜识真情查指纹　哈尔求饶惊无险

海盗头头哈尔用他的一艘炮艇，把小活宝送到一片浩渺的洋面。那里，果然有一艘灰蓝色的海洋考察船在抛锚作业。船头的外壳上，赫然写着"雪鸥"两个大字。小活宝的心咚咚直跳，暗中寻思着解救船上叔叔阿姨的办法。

"喂，停止作业，到会议室集合！头儿要训话！"几个持枪海盗，恶声恶气驱赶着正用绞车和拖斗打捞着锰结核的科学家。

在雅致的会议室中，哈尔假惺惺地先"慰问"大家，然后把脸一板，说：

"现在，有位从室女星座 C 星来的海洋学家，请各位陪她去南大洋考察一番。听着，你们如今全在我——海霸王哈尔的掌心里，谁也不准捣乱。否则，别怪我不客气！全扔进大洋喂鲨鱼！"

当小活宝神气活现地从炮艇通过软梯登上考察船时，科学家们个个瞠目结舌：这么一个五大三粗的人，竟是一个稚气十足的小女孩！这形象，除了特别高大外，无论如何和"外星人"以及"海洋学家"联系不起来啊！

"嗨！大家好！"小活宝抑制不住兴奋的心情，大声调皮地说，"你们别怕。别看我这么高大，比起你们地球上最大的动物蓝鲸，还是小得可怜。你们知道的，蓝鲸的身躯，相当于 33 只非洲象，对吗？"

科学家们真想捧腹哈哈大笑。可是，海盗没摆脱，却又落入一个外星人小女孩的手中，真够愁人的。这幽默的外星小姑娘，究竟要干什么？

"我从哈尔那里雇用了你们，从此咱们就算朋友啦！喏，认识一下，我叫小活宝！"

小活宝？有趣的名字！科学家们终于放声笑了——这是他们被海盗劫持以来，头一回发出笑声。哈尔令几名海盗监视着科学家们，自己到餐厅，令船上厨师为他炒菜。他很想喝个酩酊大醉——他为得到大珍珠高兴极了。

"请问，谁是查教授？"小活宝双手一背，十分小心地说，"我有事请教！"

一位高高瘦瘦、文质彬彬的中年人走出来，透过他的金丝边眼镜，抬头仔细打量小活宝。

"您有位女儿叫逗逗，有个外甥叫闯闯，对吗？"小活宝轻轻地问，还淘气地眨眨眼。

查教授一怔，心想：这事可真怪呀！她怎么知道逗逗和闯闯的？难道这小活宝真是外星人？不过，既然她知道逗逗和闯闯，怎么会不知道我是查教授呢？再说，这小姑娘的模样好像在哪见过？——噢，对！这不是机器人制造公司曾给父亲亨亨博士送来的那张图片上的小姑娘吗？当时父亲一眼就喜欢上了她这副淘气的模样……怎样才能证实她就是父亲派来的机器人呢？聪明的查教授灵机一动，说：

"外星人小姐，请你看看，我们吃的这黑面面包，都快霉了。肚子饿，怎么干活？"

小活宝接过面包捏了捏，看了看，一扬手，叫来一名海盗："告诉你们头儿哈尔，让大家美餐一顿！钱嘛，我还可以用另一颗大珍珠兑付！"

贪财的哈尔命令厨师很快弄来许许多多好吃的。会议室里，饥饿

的科学家们自从被劫以来，头一次吃到了新鲜蔬菜、鱼肉和啤酒。可
查教授却躲在一个角落里观察那块黑面包。为慎重起见，还拿来了放
大镜，左看右瞧：面包上有小活宝留下的一个椭圆形大手指印。唔，
这手指印很特别，没指纹，光溜溜！没错，这准是机器人的手指印。
因为当初机器人公司的推销员对亨亨博士说过："这小姑娘除了不吃

饭、无指纹外，几乎和真人一样有智能、有感情。当然，如果再配一根高能魔棍，她还可以变大或缩小。"

太好了！一定是父亲亨亨博士派人来救"雪鸥号"了。查教授立即悄悄把这一特大好消息传给船长以及科学家们，让大家沉住气，配合行动。科学家们个个欢欣鼓舞，都把小活宝当成了"小救星"。不过，小活宝并不知道查教授已识破她的"秘密"。她故意大大咧咧地要求"雪鸥号"向南大洋开去——一来，那儿可以靠近南极考察站，争取得到支援；二来，往北开，容易引起海盗怀疑。小活宝心里正细细盘算着，突然从甲板上看到：碧波中，荡漾起伏着一座亮晶晶的白色小山，阳光照在上面，反射出五颜六色的光芒。她惊喜地问查教授：

"叔叔、叔叔，这是什么？真美！"

"是冰山！越往南，冰山会越多。它的大部分埋在水下，露出海面上的，往往只是它全身的 1/3。我们常常称这些冰山，是白色的流浪汉。"

"白色的流浪汉？有趣有趣。叔叔……"小活宝刚想再问冰山的事，被查教授小声制止了。

"别叫我叔叔，瞧，海盗头来了！"

小活宝机灵地转过身，挥手向醉醺醺的哈尔打招呼。哈尔殷勤地向她鞠躬——因为他希望南大洋考察完后，小活宝再送他一颗美丽珍贵的大珍珠。

夜深人静了。小活宝在她的住舱里打开对讲机，向亨亨博士报告了事情的经过，并报告自己已经上了"雪鸥号"，见到了查教授，可是逗逗和闯闯还留在海盗岛上呢！

"孩子，你做得对。爷爷知道，你和逗逗、闯闯在干一件了不起的事。"亨亨博士的声音沉静而又亲切，"我设法立即与中国的几个南极考察站联系，配合你们行动！祝你成功，勇敢的机器人小姑娘！"

小活宝关闭了对讲机，心中暗自盘算：首先，要让查教授知道自己的"身份";其次,必须稳住哈尔;再次,随时准备与考察站配合行动……正当她冥思苦想时,"咚"的一声,黑暗中闯进一个人影,一下子把她撞倒了。

"快,检查她的颈脖!"这是哈尔阴沉的声音。他打开了舱室的灯。小活宝惊恐地看到他杀气腾腾。

"报告头儿,她的背部有条肉色的精细拉练!"一个粗壮的海盗说着,粗暴地拉开了小活宝的背部拉链——

与人体一模一样的人造肋骨和五脏六腑展现在海盗面前。哈尔十分惊奇:因为他杀过许多人,没想到眼前这个刚被他识破的机器人小姑娘的体内,精密到如此程度。他不顾小活宝的挣扎反抗,在她的"心脏"附近,找到了两节精致小巧的高能电池,把它们取了出来……

小活宝一阵心慌,立即"休克"了。

哈尔十分得意,因为他一直装醉,密切监视着小活宝,终于在她的门外,隐隐约约听到了"祝你成功,勇敢的机器人小姑娘"这句话。他断定:这是一个警方派来的机器人"侦探",于是迅速下了手。

"继续向南!恰好,我也想见识见识南极,据说那里的冰下有许多宝藏。哈哈!瞧,谁也别想逃脱我的掌心!"哈尔把小活宝的住舱门锁了起来。

但是,哈尔万万没想到,查教授在向船上科学家们通报了小活宝前来搭救"雪鸥号"的消息后,一直暗中监视着哈尔的行动,注意保护小活宝。

查教授的袖珍闭路电视,把小活宝与亨亨博士的对话,以及哈尔偷走小活宝体内高能电池的情景,都显示在小小的屏幕上了。怎么办?查教授在屋里急得团团转。忽然,他想起小活宝对亨亨博士说过,有头叫阿勇的小海豚,正跟随她在附近海面,有紧急情况,可请它帮忙。对!找阿勇!

查教授悄悄儿来到甲板上,朝着黢黑的洋面轻轻吹口哨,运用他

研究过的海豚语言，呼唤"阿勇"。不一会，海浪里真的跃出了一头小海豚，直朝查教授发出"噗哧噗哧"的鼻音。教授把一只装了纸条儿的小塑料瓶，拴到一只金属圈儿上，趁阿勇一跃而起时，把那圈儿套在了它的脖子上。

教授做完这一切，装做散步似地回到自己的住舱……

两天之后，当哈尔打开小活宝的房门，想把机器人送进仓库当货物储藏时，他惊呆了：不得了，小活宝正端坐在床边，冲他怒目圆睁，喝道："哈尔！你不想活了？我是机器人不假，可我是C星的机器人，来执行任务的！你看，我们的隐形飞碟又给我送来了新电池！"

哈尔吓得屁滚尿流，趴在地上"咚、咚、咚"几乎叩破了头。"饶命啊饶命，外星机器人小姐！"他不停地哀嚎，"我再也不敢得罪您啦！"

企鹅投石迎贵宾　大鸟送客救伙伴

　　"雪鸥号"徐徐向南开去。哈尔永远也不明白，小活宝是如何"复活"的？其实，这都是阿勇的功劳。它把查教授套在它脖子上的小瓶子，尽快送到了亨亨博士那儿。亨亨博士又把另两节机器人备用电池放进小瓶，请它捎给查教授。而船长那里，有小活宝所住舱门的另一把钥匙。他天亮前就为小活宝的心脏装上了新电池。小活宝"醒"后，惊异地问船长哪来的电池？船长笑而不答，只嘱咐她万事小心些。

　　经过这一番磨难，小活宝不再那么粗心大意了。她借口需要一位"科学顾问"，命令哈尔把查教授调到了身边。

　　"雪鸥号"缓缓进入南极圈，冰山渐渐多起来。天气晴朗时，它们是莹莹蓝色；晚霞映照时，它们反射出黄灿灿的金光。更多的时候，它们的的确确像穿着白色衣衫的流浪汉，在大洋里自由自在地漂荡、流浪。

　　"啊，企鹅！教授，那一定是企鹅！"小活宝指着一大块浮冰上的几只个儿不大的企鹅欢叫。

　　"对，这是阿德雷企鹅！前边不远有座企鹅岛，船上淡水快没了，外星人小姐，是否上岛去补充一些淡水，同时考察一下企鹅？"

　　因为时时有海盗监视，查教授一直称小活宝为"外星人小姐"。他建议上企鹅岛，还有另一个目的：上岛后可以自由一些，可以和小活

宝详细谈谈对付哈尔的办法。小活宝心领神会。

"雪鸥号"轻轻靠上一座白雪皑皑的小岛，岸边早已有一队企鹅，用十分好奇的目光迎接和打量着小活宝、查教授和几名来取淡水的海盗。另有一队企鹅，则盯住"雪鸥号"这"庞然大物"看不够。

"喏，这些脖子上有一圈黑带儿的，叫帽带企鹅；那些穿墨绿燕尾服、红眼红嘴黄眉毛的，叫金发企鹅；中间一群红尖嘴、白额头的，叫巴布阿企鹅；当然，这儿更多的是阿德雷企鹅！"教授正介绍着，摇摇摆摆走过来一只大企鹅，衔着一块圆溜溜的小石子儿，站到小活宝面前，显出一派绅士风度，在她脚下恭恭敬敬地放下那粒石子。

"喂，你是这儿的国王吧？你代表企鹅王国的公民在欢迎我和教授，对吗？"小活宝风趣地拍拍它的脑袋。

再往里走去，可热闹了：一群群企鹅哇哇叫着，你挤我拥。有的企鹅肚皮下捂着圆圆的企鹅蛋；有的雄企鹅和雌企鹅在交头接耳；还有的小企鹅躲在大企鹅白绒绒的腹毛中，探出头来向小活宝张望致意。

"和人类不同的是，小企鹅不是由妈妈抚育的，而是由企鹅爸爸肚皮孵蛋，一直孵三四个月，不吃不喝，才把小宝宝孵出来……"查教授蹲下，抚摸着一只小小的企鹅。

小活宝突然长长叹了口气："唉！小企鹅有爸爸抚育，人类有妈妈呵护……可是我呢？……"

"你是一个聪明可爱又勇敢的小姑娘，"查教授压低嗓门，轻轻说，"亨亨爷爷、逗逗、闯闯，还有我和我妻子都爱你！你是我们家的好孩子！"

呀，原来查教授一切都明白呢！而且，他的话多感动人呀！小活宝头一次觉得鼻子酸酸的，心头暖暖的。在这样的气氛中，小活宝趁海盗不注意，把逗逗、闯闯和她三人决心搭救"雪鸥号"的事，原原本本向查教授讲了一通。查教授说："恰好，'雪鸥号'的原计划，就是要考察南大洋和南极大陆。这样，咱们来个里应外合，设法把船开到考察站附近，亨亨博士一定会设法营救我们的。另外，还必须先设法把逗逗、闯闯接出来，让他们呆在海霸岛实在很让人牵肠挂肚。"

怎样才能救出逗逗和闯闯呢？小活宝提议：夜深人静之后，由她和阿勇悄悄儿游去海霸岛，然后自己变小，取出守门海盗的钥匙……

查教授沉默着、深思着。他眺望蓝天，有只大鸟正展翅向企鹅岛飞来。大鸟一会儿掠过海面，一会儿冲向云端，慢慢地扇动双翅，在小活宝和查教授头顶上方盘旋一阵，便收拢翅膀，停息在附近一块礁石上。

多么美丽的大鸟啊：雪白雪白的羽毛，玫瑰红的嘴，站立时足有 1 米高，展开的双翼差不多有 4 米长，真让人肃然起敬。

"噢，信天翁给我送灵感来了！"教授推推他的眼镜，对小活宝说，"在古老的岁月里，许多船只被狂风巨浪吞没了，许多海员遇难后一去不复返了。人们往往看到一只只雪白的大鸟在蓝天白云里越飞越高、越飞越远，便认定是它们载负着遇难者的灵魂，把灵魂送往遥远、圣洁的天堂去了。这就是信天翁——一种善良勇敢的大鸟，它们可以在惊涛骇浪中，巧妙地利用各种风力、气流进行滑翔，是有名的风之骄子。据我观察，这一带的信天翁总是往来于企鹅岛和海盗岛之间。既然你能变小，咱们今天是不是来个'借东风'？可以节省很多时间！"

对！查教授的主意太妙了！小活宝惊喜万分，她东张西望一番，见取淡水的海盗还没回来，就走到信天翁附近，拔出腰间的魔棍念念有词："魔棍短、魔棍长，让我变短变小莫变长！"

嗬，查教授看到，这孩子摇身变成了童话里描写的"拇指姑娘"。她连蹦带跳，跳到了礁石上，又蹦到了信天翁的背上。恰好一阵海风吹过，那信天翁张开了细长有力的双翅，乘风冲向蓝天。小活宝兴奋地频频向查教授招手。查教授取出背包中的望远镜，一直目送飞远了的信天翁和小活宝。然后，他转身大声向几个刚取回淡水的海盗报告："那外星人小姐被一艘无声无息的飞碟带走啦！她要我们转告哈尔：在

企鹅岛上补足淡水后，必须等她回来再启航继续向南……"

哈尔听到取水海盗的报告，先是咆哮，后是恐怖：这外星人真是神通广大！取走她的高能电池，她能召呼隐形飞碟来为她装上新的。现在，隐形飞碟又把她带走了，走就走吧，她还要控制我、指挥我。她想干什么？惩罚我过去杀人谋财？不对，她还给我大珍珠呢！对了，她也可能是去取大珍珠了。她说过还要给我一颗的。唉唉，没想到我堂堂一个海霸王，还得受一个外星机器人小女孩的控制，真掉价，真掉价！

不管怎样，哈尔还是"一切照办"了。为"雪鸥号"补给了充足的淡水，让考察船在企鹅岛附近停泊一夜，等待外星人回来继续往南执行"任务"……当他躺下睡觉时，总感到惶惶不安。

第二天下午，哈尔见小活宝没回来，决定趁机开溜，不料刚要对船长下令启航，小活宝却带着逗逗、闯闯站到了他面前。只是小活宝已不再五大三粗，而是变得和正常的十岁小女孩那样娇小。她神气活现地双手叉腰，说：

"哈尔，我喜欢逗逗和闯闯！我们 C 星的隐形飞碟帮我把他俩从海霸岛接出来了。现在，请你把他俩的小游艇吊到甲板上来！"

哈尔愣愣地瞧着三个孩子，真不明白小活宝是怎样从戒备森严的海霸岛救出她的小伙伴的。

"我说外星人小姑娘，你是不是做得太过分了？"哈尔生气了，"这两个孩子可是人质！要是你考察完南大洋，不交出另一颗大珍珠，我就会把他俩先干掉！"哈尔吹胡子瞪眼，恶声恶气地喊叫。

查教授不失时机地走到哈尔跟前小声说：

"先生，千万别得罪外星人！那隐形飞碟可能随时在监视着您呐！也许这外星机器人只是贪玩，想让那两个孩子和她作伴！咱们还是赶紧执行任务，您也可以早日得到报酬！早回海霸岛！"

哈尔冷静下来，极不情愿地下令，让船员们把"小天使号"吊到

"雪鸥号"甲板上。

逗逗见到查教授，真想扑到他怀里痛哭一场。这么多天来，她多想爸爸啊！闯闯也想和舅舅拥抱，可他还是控制住自己，悄悄拽拽逗逗的衣袖，小声嘱咐着："千万别露馅，别露馅！"逗逗只好偷偷抹去眼角的泪花。不一会儿她见到忙着和船员们一道起吊"小天使号"的爸爸，正转脸冲她和闯闯挤眼呢，她不由地"噗嗤"一声笑了，又急

忙用手捂住了嘴。

"雪鸥号"重新启航后，哈尔对查教授说：

"听着，教授。看来，我的弟兄们都四肢发达，头脑简单。而你，今天却能在我头脑发热时，提醒我不要冒犯外星人，够朋友。从今以后，我派你监视那个狡猾淘气的外星机器人小女孩，适当的时候，设法干掉她！"

查教授忙说："干掉她会惹大祸。不过——我还是可以帮您监视她，帮您配合她早日完成考察任务，有情况，我将随时向您报告！再说，她还欠您一颗大珍珠呢！"

哈尔满意地点点头。就这样，查教授争取到了与小活宝、逗逗、闯闯经常聚会的好机会。

冰山莹莹道南极　红潮滚滚解虾谜

"爸爸——我真想你!"

"舅舅——我们真为您和'雪鸥号'担心!"

在小活宝的船舱里,逗逗和闯闯一头扑进查教授的怀里呜呜痛哭。查教授鼻子酸酸的,压低嗓子告诉孩子们,千万别哭,以后的路还长,必须小心谨慎,才能斗败海盗。

逗逗和闯闯懂事地不哭了,悄悄告诉查教授小活宝搭救他们的过程:那只庞大的红嘴白羽毛的信天翁,正如查教授所预料的那样,在碧空中乘风滑翔了一阵,天色渐暗时,便停落到海霸岛去栖息。小活宝赶紧从大鸟身上跳下,钻过铁丝网,爬进正在打盹的海盗窝守门人的口袋,取出一把大钥匙扛在肩上,来到逗逗和闯闯的房间里。小活宝的到来使他们喜出望外,他们商量好"调虎离山"计,先让闯闯找来木棒敲打着洗脸盆,在海盗们的住处四处奔跑。逗逗带着肩上的小活宝割断了照明电线。

"咣咣当当,乒乒乓乓",紧密的喧闹声惊起了岛上的几十名海盗,他们慌慌张张、失魂落魄,有的来不及穿戴整齐就抱头乱窜;有的提枪在黑暗中互相误伤;还有的见到逗逗、闯闯的身影,拼命吆喝"抓活的!",那几个看门海盗也慌得四处逃跑,胡乱放枪。

逗逗和闯闯拿着钥匙,打开海盗窝的大门,再反锁上,匆匆跑到

海边，跳上了"小天使号"。

"小天使号"开出很远了，三个孩子仍听见海岛上的海盗们，在互相放冷枪，不由得开怀嘻嘻哈哈地大笑……

听完小活宝搭救逗逗和闯闯的故事，查教授很欣慰：这三个小家伙真不赖，既勇敢，又有智有谋。这么看来，"雪鸥号"上的科学家们只要团结齐心，和孩子们配合好，肯定会战胜海盗。

"雪鸥号"越向南驶，天气越冷。三个孩子乘"小天使号"出来至今，不知不觉快三个月了。他们真想回家。逗逗想向妈妈撒娇，闯闯想和爸爸妈妈去看球赛。而且他们还惦念着学校里的老师、同学和功课。就连小活宝也很想念那慈眉善目的亨亨博士和她那张舒适的小床。而这里，虽说已是南极的夏天，却经常刮起可怕的大风。"雪鸥号"不得不顶风劈浪前进。幸亏南极的夏天全是白天，没有黑夜，极区气候虽然瞬息万变，但遇到风平浪静时，湛蓝的海面不时漂来一座座千姿百态的冰山，或浮起一块块洁白的浮冰，有时，寂静的天边会映射出彩霞诱人的七色光华，令人十分陶醉。

"爸爸，"逗逗站在甲板上，望着一座座晶莹的冰山，不由提问，"南极的区域怎么划分呀？地球真怪，有北极还有南极……"

"听着，你不准再叫我爸爸，闯闯不准再叫我舅舅……"查教授十分严峻地向四周瞅了一遍。小活宝机灵地故意亮开嗓子问：

"查教授，我很想知道贵星球南极的故事，请您讲讲，好吗？"

海盗头哈尔这时也来到甲板。他觉得有朝一日，自己定能把魔爪伸向南极这块宝地，所以，也催促查教授讲讲有关南极的知识。

"我们前两天已进入南极圈。所谓南极圈，是指南纬66°30′纬线以南的地区。进入南极圈，就意味着我们进入了企鹅王国。而南极洲，是指围绕南极的大陆部分及其周围的岛屿。"查教授推推他那副近视眼镜，侃侃而谈，"传说，宇宙之神创造了美丽的地球之后，见地球四季分明、昼夜交替，高兴极了，便激动地在地球最北端猛击一拳，致

使北极立即凹下去一大块；而地球的另一端，却鼓了起来——这就是南极。多少世纪以来，人们按神话中的描述，来寻找南极和北极。经过无数次的探险，人们果然找到了北极——一个由大陆围绕着的海盆，以后，又找到了南极——一片凸起的白色大陆。当然，南北极并不是神话中的宇宙之神拳击地球的结果。地球最初只有一块原始大陆，南北极的出现，其实是原始大陆碎裂漂移的结果。大约两亿年前，地球大陆开始出现裂痕，分成了南北两部分，各自向不同方向漂移。后来，南半部又分裂成几大部分，成了南美洲、非洲、印度半岛、大洋州。最后，南极大陆又从大洋洲分离出来，向南漂移，由于得不到充足的阳光，花草树木消失，千万年的冰雪，使南极变成了神秘的白色大陆!"

听着查教授的故事，望着连绵不断出现的冰山，孩子们对南极大陆既向往，又有点恐惧：向往它的洁白、神秘，恐惧它的寒冷和风暴。不过，想到考察船一旦靠上南极大陆，就有可能与南极考察站的叔叔阿姨们里应外合，制服海盗，心里就美滋滋的。哼，哈尔，别看你总是提着冲锋枪，横鼻子竖眼的那么凶，到时候，非叫你举手投降，叩头求饶不可！孩子们不约而同地向哈尔投去蔑视的眼光，幸好，哈尔怔怔地瞧着白茫茫的大海，没有觉察孩子们的眼神，只是一个劲儿想在南极发大财。

今天是一个难得的晴朗天气。太阳照旧把一座座形态各异的冰山照得五光十色。查教授为避免哈尔的怀疑，回到船舱的实验室去了。孩子们留在甲板上，观赏冰山，流连忘返。

"呢，这座冰山像上海体育馆！爸爸带我去那儿看过球赛！"闯闯嚷着，用照相机"咔嚓咔嚓"照相。

"哎唷，这座冰山太像西安的大雁塔，我妈带我去过西安！"逗逗欢叫着。

"依我看，那一座冰山和复活节岛上的大石人莫阿伊活脱一个模样。那是亨亨爷爷奖励我的一次旅游……"小活宝回忆着。

"嘘——"逗逗示意小活宝别提亨亨博士。

突然，湛蓝湛蓝的海面泛起一片红色。渐渐地，"红潮"向"雪鸥号"涌来，海水被"染"成了一条长数千米，宽几百米的红光闪闪的彩带，十分美丽诱人。

"怎么回事？海水像被血染了！"哈尔惊呼，"快请教授来看看。"由于常做坏事，他很容易心慌。

"别慌，我先下去侦察一番！"小活宝说着，钻过栏杆，"扑通"跳下海去。

小活宝在海中轻轻一摁眉心的小红痣，两眼刷地亮了。呀！一群群从她身旁匆匆游过的，竟是无数只红色的小虾。它们体长足有 5～7 厘米，周身晶莹透亮，蓝青色中微带红色。它们毫不理会小活宝这位突如其来的不速之客，一个劲儿朝前游呀游。小活宝仔细观察：这些小虾和一般海虾的不同之处是，它们的头部、胸部，都打着金黄色并略带红色的小"灯笼"，散发出轻微的光亮。

自从那次和逗逗、闯闯遇到"黑潮"，并在深夜观赏过"群鱼会"以来，小活宝是第一次遇到如此盛大场面的"红潮"和井然有序的"群虾会"了。不过，这些虾全是一种类型的。在南极寒冷的大洋中遇到这场面，真难得啊！小活宝乐不可支。谁知就在此时，几头灰色的鲸鱼神不知鬼不觉地冲了过来。它们不动声色地张开嘴，贪婪地吞食着红色的小虾，海水从它们嘴边密长的胡须中滤过，小虾便"自投罗网"似地变成了它们的腹中餐。虾群顿时混乱了。小活宝怒不可遏，拼足力气向领头的一条灰色须鲸冲去。可惜，她太不自量力了，庞大的灰鲸掉转头，咧开嘴，毫不客气地冲过来迎战小活宝……

哈尔和逗逗、闯闯站在甲板上同时见到了这惊险的场面。

"快躲开，小活宝！"两个孩子大声哭叫。

"见鬼去吧！让这外星小机器人葬身鱼腹也不错，我不愿再受她摆布！"哈尔咬牙切齿地吼叫。

恰好查教授被"请"来看"红潮"，一见小活宝面临危险，心都缩紧了。他喊道："快发捕鲸炮！"可是被哈尔制止了。

大灰鲸直逼小活宝，水面上激起一层层白浪花，小活宝感到有一股强大的水浪向她涌来，不由自主地浑身打了个哆嗦。就在恶鲸张开血盆大口，千钧一发之际，她觉得自己突然被高高驮起，又被很快带离灰鲸，径直游到了"雪鸥号"船舷边！恶鲸不愿恋战，贪婪地继续追赶"红潮"去了。

"万岁！"闯闯跳起高声欢呼。

哈尔惊奇地见到，是一头漂亮的小海豚驮着小活宝逃离了险境。当小姑娘灵活地站在甲板上时，他立刻讨好地拱起双手，低头哈腰连声说：

"佩服佩服！没想到外星人小姐在我们地球的大洋里，随时能找到朋友！哈尔我五体投地！"

小活宝不理会哈尔，抖去满身的水，对逗逗和闯闯说："知道那一片红色的潮水是怎么回事吗？那是千千万万的小红虾汇集在一起，把海水映红的！"说着，她伸开手掌，掌心中正躺着几只青中透红的小虾。

"这是南极有名的磷虾！"查教授笑了，"十只磷虾所含的蛋白质，相当半斤牛肉呢！这种虾特别鲜美，是南极的企鹅、海豹、鲸的主要食物！"

"那磷虾吃什么？这儿这么冷，"逗逗爱刨根究底，"没什么食物啊！怎么会有这么多磷虾？"

"磷虾专吃浮游生物硅藻。就这样，硅藻—磷虾—须鲸，形成了南大洋这一带的食物链！"教授说。

湛蓝的海水中，漂浮着洁白的冰山和浮冰，一条红殷殷的"飘带"，渐渐在碧波、白冰中远远隐去。小活宝心想：呀，多美妙的景色，亨亨博士要能见到，该多好！

不速之客扰雪原　笑骂贼鸥喻海盗

经过几天的冰海漂泊，已隐隐可见白雪皑皑的陆地。查教授心中暗喜：只要踏上南极大陆，附近的一个中国南极考察站，就可能搭救他们。怎样才能把哈尔和十几名持枪海盗生擒活捉，又不伤害船上的科学家、船员和三个可爱的孩子呢？他冥思苦想了整整一夜，然后把对策悄悄告诉了小活宝。

"喂，哈尔，"小活宝故意先把自己变得庞大，从气势上压倒海盗，"我从室女星座万里迢迢来到地球，可不是闹着玩儿的。实话告诉你吧，我们很快要开发贵星球的南极——这里埋藏着大量的、丰富的矿物资源，还有取之不尽、用之不竭的海洋生物资源。我们 C 星污染太严重，移民到这里，可以建造一个没有大气污染、没有噪音、财宝丰富的 C 星人贵族乐园……"

"可是——这与我有什么关系？外星人小姐，我只想在海霸岛享福！"哈尔十分警惕，"当然啰，您可以先派几个科学家陪您上岸考察，我在'雪鸥号'上恭候您！"

"嗨，别傻啦！你们地球人规定：谁先在南极占了地盘，谁就是那里的主人。你赶紧上岸去插一面海霸旗，我们以后就顺便帮你把那儿的金矿、银矿开发出来，那可比你到深海挖锰结核强多啦——"小活宝今天特别能说，弄得逗逗和闯闯莫名其妙。

"其实，我也算太空大盗！咱们是一路人，我才替你着想！"小活宝继续鼓动哈尔。

哈尔财迷心窍，犹豫了。小活宝趁机故意高视阔步地命令船长放条小艇，让查教授和她一道，登岸考察。还一边嘀咕："哈尔，你不去也好。我先帮查教授圈块地盘！今后，我用得着他！"

哈尔忍不住了。他赶忙派出七八名海盗，放下另一艘小艇，尾随小活宝和查教授的小艇，向苍茫荒凉的南极大陆驶去；同时，他还安排剩下的十几名海盗严密控制住"雪鸥号"。

眼下，正是令人神往的南极的极昼时节。虽说已是午夜，太阳却依然明亮。这地球最南端的夏天，恰是北半球的冬天。这儿的一切都很奇妙：四下静悄悄，奇异高耸的冰峰，有如穿着白纱裙的仙女，婷婷玉立于天宇和雪原之间；天空点缀着被彩霞染成了黄、红、紫色的云块，海

湾里碧蓝的海水，被雪白的冰块分割成了一块块形态各异的蓝宝石；在寂静广漠的白色荒原里，庞大的小活宝仿佛变小了，小得比拇指姑娘还小。万籁俱寂，乾坤凝固。哦，美丽的南极，真的十分令人迷醉遐思！可是，救援的人在哪里？怎样才能制服海盗？"雪鸥号"上的人安全吗？登上岸后，小活宝不由得担心起来。她回头看看查教授：他安之若素，稳步踏雪向前；再看看哈尔：他神色警觉，手枪紧攥。不知为什么，十多个人，没有谁说一句话，只有嚓嚓的踏雪声。

"谁？"

哈尔突然大声吼叫。

查教授反而笑了，对哈尔说："那是一队帝企鹅，先生，它们是来欢迎咱们的！"

那一长队黑影越走越近，果然是一列十几只摇摇晃晃、步履蹒跚的大企鹅。它们的个头比阿德雷企鹅要大得多，有 1 米多高，体重看上去足有 40～50 千克。黑得发蓝光的羽毛覆在背上，洁白的前胸、橙黄色的颈项，显得十分雅致漂亮，哈尔吐口唾沫，垂下了双手，长长地嘘了口气。

"抱歉，小姐！我的神经有点紧张！"哈尔苦苦一笑，"这种企鹅远看，怎么和人一样？"

"这是南极最大的帝企鹅！"查教授说。

帝企鹅大大咧咧来到小活宝一行人跟前，憨态可掬地打量着这群冰原上的不速之客，有的傻乎乎地兀立不动，盯着哈尔；有的用不可一世的神态，斜眼貌视一下小活宝；有的礼貌地站到查教授对面，看他取出照相机，愉快地接受拍照留影。打量够了，它们重又排起整齐的队伍，活像一支训练有素的仪仗队，向"客人"们行着注目礼，绕了两圈，才又匆匆忙忙朝海边方向赶去。

小活宝有点失望。可惜那是一队企鹅，而不是上级部门派来配合解救"雪鸥号"的叔叔们。不过，还算幸运：竟能遇上这么漂亮的大

企鹅！小活宝知道，世界各地的企鹅，总共不到 2000 种，主要都分布在以南极为中心的南半球海域。别看它们在陆地行走时那副笨拙样儿，一到海里，它们就十分灵活了，能以每小时 25～30 千米的速度游泳呢！甚至比最快的捕鲸船游得还快。有时，它们还会腾空飞跃，跳出水面两米多高，然后一头潜入海底，去追捕食物，美餐一顿！

走着，想着，小活宝忽见查教授向她眨眨眼。小活宝想起，还有重任在身，便吆喝道："怎么样，哈尔？咱们也该美餐一顿了？吃完饭，教授，按您预测，该找到那片金矿所在地了吧？"

"是，外星人小姐！再往前 10 千米，就有金矿。如果您先插上室女星座 C 星的大旗，那片雪原就属于贵星了。"查教授说着，故意打量哈尔，"南极在地球上尚无国界，根据条约，谁有力量，谁就……"他尽量设法引诱对南极一无所知的哈尔。

哈尔忍不住了，命令海盗们："嘿，快把罐头食品打开，拿酒来！待会儿，我也要在金矿上面插一面海霸旗！哈哈！得来全不费功夫！"

沉寂的冰雪荒原顿时热闹非凡。哈尔带领海盗们忘形地喝酒、吼唱。查教授和小活宝却一直十分谨慎地注视着海盗们的行动。

"来，教授，你别只啃面包，也喝一杯！"哈尔开始醉意蒙眬，一手抓着烤鸡腿，一手捧着酒杯说，"听着，等我圈下那片金矿，你，还要带领'雪鸥号'所有的科学家、船员，替我开矿……哼，你们别想要花招……我，哈尔，有了金矿……哈哈！还有了劳力，还有了船！我发大财了……"

狂妄的海盗正洋洋得意，突然，从冰峰上俯冲下一只灰白色的海鸟，出奇不意地把哈尔手上的烤鸡腿一下叼了过去，随后神气活现地在半空盘旋了一圈，才逃之夭夭。

"哎唷！我的鸡腿！我的香喷喷、外焦内嫩的鸡腿……"哈尔气愤地对天吼叫，"你这该死的海鸟，敢叼我哈尔的鸡腿？这……是什么鬼鸟？"

其他海盗忍着笑，慌忙三口两口地把自己手中的鸡腿啃进肚，深怕哈尔再来占他们的那一份美餐。

"啊哈，教授，刚才那只漂亮的海鸟，虽然衣冠楚楚，谁知败絮其中，这就是臭名远扬的贼鸥吧?"小活宝拍手笑道，"听说这种鸟经常不是霸占别人的鸟窝，就是偷吃人家刚生下的鸟蛋；不是拦路抢劫，就是六亲不认、以邻为壑。这贼鸥，真是个不知好歹的空中盗贼，居然连哈尔的鸡腿也敢公开抢劫! 你们地球上真是怪事多多!"

海盗们听着，都嘻嘻哈哈地乐了，酒喝得更多。只有哈尔听出小姑娘在借贼鸥讽刺自己，一怒之下，便拔出手枪对着小活宝，想出口气。谁知小活宝毫不畏惧，挺着五大三粗的腰杆，像座小铁塔，直冲他瞪着眼，他不得不乖乖儿收起枪，咕噜道："唔，好汉不吃眼前亏! 以后，走着⋯⋯瞧!"他醉红了脸，摇摇晃晃倒在雪地上，打起呼噜，不时还迷迷糊糊地嘟囔："金矿，嗯，金矿⋯⋯飞碟，外星机器人，也不错! 这机器人小姑娘，给我带来了好运⋯⋯好运!"

查教授见时机成熟，再次向小活宝挤挤眼。小活宝心领神会，大摇大摆转到一座小冰山的背后，掏出对讲机。

"唔，好孩子，我日夜守候着对讲机呢! 遇到什么麻烦了吗?"亨亨博士亲切地问。

"爷爷，爷爷，快设法派直升飞机来，海盗头儿已经在雪原上喝醉了，另几个海盗也迷迷糊糊⋯⋯"

小活宝按查教授告诉她的方位，仔细向亨亨博士报告了他们在南极大陆的什么地方，以及"雪鸥号"上的情况。

"听着，一支解救'雪鸥号'的队伍，已经到达了南极中山站待命，我这就和他们联系! 你和查教授先稳住哈尔!"亨亨博士沉静地回答。

小活宝欣喜万分，回到查教授和海盗们之中，一心盼望着那支特别的行动队伍早些来临。

冰洞胜似水晶宫　细叙冰崩稳敌心

天有不测风云，南极更是地球上的寒极和风极。虽说现在正是南极的夏天，但是万年不融的硕大无比的冰层，形成了严寒的"冷源"，即使夏天，气温也常常是零下二三十摄氏度。小活宝是机器人，对寒冷并无知觉，可是对瞬息万变的极地风，却十分敏感。因为她常常和阿勇对话，海豚不时发出的那种次声波，她早已都能听出来。而狂风到来之前，也总是有次声波出现。眼下，小活宝忽然听到了那种十分狂暴的大风，正从远处传来次声波。这可怎么办？把海盗们引到什么地方去避风？搭救"雪鸥号"的直升飞机会来吗？他们找不到海盗怎么办？

"教授，我听到了远处狂风传来的次声波！"她聪明地用那对机灵的大眼，征求查教授的意见。

查教授抬头仰望天空。果然见到原先静止的云朵，在不安地躁动。凭经验，他知道飓风的确即将来临。一改往常文质彬彬的态度，他马上果断叫醒哈尔：

"大风就要来临，不想被风雪卷走或掩埋的话，请马上跟我走！"

哈尔已经半醒，见四周白雪晶莹，冰峰安立，并无动静，哼哼唧唧地说："见鬼，哪有什么风？"

"那么抱歉，哈尔，我和教授先找一个地方去避风。等你高兴了，

请跟着过来!"小活宝甩开臂膀,跟教授向前跑去。

哈尔站起朝后看去,只见雪原上开始有股"白浪"在蜿蜒蠕动。先是贴地翻滚,接着,像条巨大的白龙跳跃着腾空飞起,气温一下子又低了许多,天空骤然昏暗不已……

"弟兄们! 快起来! 狂风卷着……卷着暴雪来啦!"他结结巴巴吼着,酒已全醒,跌跌撞撞追随着小活宝和查教授逃命。海盗们全都惊醒了,紧紧尾随着哈尔狼狈奔跑。

幸亏小活宝能预知风暴来临,更幸亏查教授对南极十分熟悉,这一行十多人才没遭到可怕的风雪吞噬。当狂啸的"雪龙"一条又一条,铺天盖地大发雷霆、横冲直撞扑过来时,他们已钻进了一座奇异而又美丽的冰洞!

"哎唷,外星机器人小姐,您可真是神通广大!"一个大海盗奉承说,"能预知灾难,还能把我们带到这样一座神话般的水晶宫里来!"

噢！真是奇迹！小活宝被眼前的景象迷住了。这座外形并不奇特的冰山侧面，有一扇高达5～6米的拱形洞口。洞口上端挂落下无数条长长的冰垂，就像一条条珍珠长帘，把洞门遮掩起来。当他们钻入洞中时才发现，这里别有洞天：宽宽的通道，两壁的冰幔闪闪烁烁射出华丽的光芒；天然造就的冰雕，有如精美的玻璃工艺品，悬挂在四周。那些由洞顶倒挂下来的冰钟乳，有的像一串串葡萄，有的如一盏盏吊灯，使人感到如入仙境。

"呀！要是逗逗和闯闯也能来看看这漂亮的冰洞，该多好！"小活宝脱口而出。

查教授向小活宝投去一个责备的目光。小活宝知道自己失言了，不该在这儿表露出对小伙伴们的感情，便转换口气问哈尔：

"喂，哈尔先生，你身为海霸头头儿，见过这么美的冰洞吗？它是怎么形成的？说不定，你以后来南极开金矿，可以专门找这种冰洞安营扎寨哩！"

哈尔顿时来了情绪，挥挥手说："嘿，我曾去过南欧亚得利亚海北岸，那儿有个高原，叫喀斯特，有许多石灰岩的地下暗河和溶洞。那溶洞和这冰洞，还真像！"

"不错，岩溶在地质学上都称'喀斯特'，是石灰岩地形和地质构造的代称。在漫长的岁月中，水源和石灰岩交溶、沉积，就形成了各色各样的'喀斯特'；南极冰川融化得极微弱，但经过千千万万年，冰川上少数融水在流动过程中，形成曲曲折折的细流，有的渗入冰内，逐渐把冰川尾部，冲蚀成如此美丽的、幽深的冰洞！"

"哼，等我找到金矿，有了更多黄金，一定要用珠宝玉石，造一座比这冰洞还漂亮的琉璃世界水晶宫！"哈尔贪婪地想。

"唉，这该死的暴风雪，怎么还不停？亨亨爷爷联系的特别行动队来了吗？"小活宝在心中暗暗祈祷叔叔们早点儿来抓大海盗，解救"雪鸥号"。

"噢，风雪快停了。南极的天气瞬息万变，这类下降风，很快会消失。下一步，必须稳住海盗，与行动队密切配合，争取不伤一个自己人而获胜。一定要和全船同事以及逗逗、闯闯、小活宝早日凯旋而归！"查教授在心中筹划着……

"喂，听到没有？洞外有声响！"哈尔警惕性非常高，他拔出手枪，招呼他的仆从，"弟兄们，注意——"

小活宝听出，洞外确实有隆隆声。她的心咚咚地欢跳起来，但又不知所措。如果真是直升飞机来了，该怎么做呢？她圆睁双眼，注视着冰洞出口。

"噢，不必紧张，哈尔先生！"查教授听了一阵后说，"还有您，外星人小姐！"

"有话快讲，哼，要是搞什么鬼，我先让手下人封了洞口，然后杀了你！谁也别想进，谁也别想出！"哈尔凶相毕露，眼中闪出可怕的蓝幽幽的光。

"不远处的冰山上发生了冰崩。硕大的冰块滚滚而落，所以发出隆隆声！"

哈尔不信，命令查教授领他出冰洞瞧瞧。查教授冷冷地说："行，请跟我来。只是，你得向你的兄弟们嘱咐一下后事。"

"为什么？"

"一是风暴并没完全停息；二是冰崩落下的雪团，足以把我们砸成肉泥！"

哈尔犹豫了。聪明机灵的小活宝从查教授的眼神中领会到他是在设法稳住海盗，便自告奋勇：

"咳，教授，你们地球人也真太小心！我去瞧瞧吧，假如真是冰崩，我也不怕受伤。反正我是机器人，我的主人会乘飞碟来寻找我，把我修复如初。如果没什么危险，过一会请教授把金矿的方位圈定，以便我们 C 星人早日来开发！"

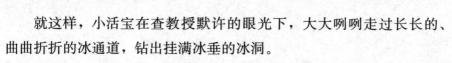

　　就这样，小活宝在查教授默许的眼光下，大大咧咧走过长长的、曲曲折折的冰通道，钻出挂满冰垂的冰洞。

　　"喂喂——别忘了，也帮我把金矿圈出来！我亏待不了你——外星人小姐！"

　　小活宝听到哈尔在洞中，冲着她高大的背影喊叫，联想到贼鸥抢食时的那副恶霸姿态，她下决心要让哈尔得到惩罚！

　　那隆隆声，究竟从何而来？小活宝眯起眼，瞭望风暴已经平息了的冰雪荒原……

诱敌出洞借东风　盗头落网天兵降

在远远的西北方向，的的确确有一架直升飞机的黑影停在山丘上，就像一只小小的蜻蜓，正立在白色的浪尖上。啊，查教授真是料事如神！难怪他要拖延哈尔走出冰洞！他预料到了，风暴停息之后，直升飞机才能来到附近。他还估计到，直升飞机的隆隆声会激怒哈尔，所以用计拖住了海盗！

小活宝以狂喜的心情，拼命朝直升飞机奔去。她想欢叫，却怕被冰洞中的哈尔听见；她忽然又想痛哭，因为这么多天来，她和逗逗、闯闯受尽了磨难。她多么想立刻回到亨亨博士身边。她跑哇跑，跌跌撞撞，即将跑到直升飞机跟前，忽然，雪地里"呼"地窜出几个人，把她紧紧抱住、摁倒。

"嗬，不知从哪冒出的这小姑娘，实在太高太大！队长，怎么处置她？"其中一位笑笑说。

"喂——你就是那位机器人小姑娘么？叫什么名字？怎么就你一个人在雪野里狂跑？让海盗吓破胆了？"那位长着络腮胡的队长戏谑地问。

"放开我！哼，你们真是把我的好心当成了驴肝肺！"小活宝着实生了气，"我是来向你们报信的。海盗头哈尔，就在后边一千米处那座冰山的冰洞里。查教授也在那儿！你们还不快去救教授、抓海盗！摁住我干什么?"

队长立刻严肃起来,歪了歪脑袋,让他的队员把小活宝"押"进直升飞机,立即带十几人,直向冰洞逼进。

小活宝被带进机舱又被人看管着,气得几乎心炸肺裂——啊呀呀,不对不对!我还没问清这帮人是谁?就透露了冰洞里的秘密。假如他们也是海盗,那可糟了!唉唉,难怪逗逗姐老是批评我粗心大意!怎么办?我该去冰洞瞧瞧。

可是直升飞机里的人都不让她下飞机,说这是命令,急得小活宝如热锅上的蚂蚁。

"砰!砰砰!"冰洞外传来了枪声,飞机上的人一时顾不上小活宝,都涌向机舱窗口观察动静。

"魔棍短、魔棍长,让我变短变小莫变长!"她机敏地拔出魔棍,念念有词。不一会儿,她果然变得小如拇指。她三蹦两跳,跃上一扇无人的窗口,正想着如何设法逃离直升飞机,尽快到达冰洞,又一阵急促的枪声传来。恰好,有一列20多只受了惊的小企鹅经过这儿。它们一个个张开双翅,仰面朝天,从雪坡上向冰洞的方向飞速滑去。对!跟随这些企鹅滑过去,又快又省力!小活宝从窗口纵身一跳,"噗"地一下,不偏不倚,落在了一头小企鹅的背上。她紧紧抓牢这只企鹅墨绿色的羽毛,腾云驾雾似地滑翔起来。谁知这队企鹅滑下坡后,急匆匆转身朝海边奔去,根本无意带她去冰洞冒险。小活宝情急之中,只好使劲儿抓挠自己所骑的那只小企鹅的粗脖子。受了刺激的小企鹅,果然向右转身,继续朝冰洞驰去。小活宝像一个真正的骑手,驾驭着她的"小马",很快到了冰洞附近。

"听着,你们谁敢进洞,我就杀了教授!"哈尔声嘶力竭,向洞外的解救人员喊叫。

"哈尔,不准伤害教授!那样你会罪上加罪!"

唔,大胡子队长真是来抓海盗的,他现在显然遇到了麻烦。他怕

查教授受害。

洞中突然寂静，不知哈尔在捣什么鬼？小活宝决定进洞去弄个明白。她把小企鹅又一阵抓挠，于是，小企鹅背着她，神不知鬼不觉进了洞。无论是解救队队长，还是海盗哈尔，都不会去注意在南极司空见惯了的一只小企鹅的行踪。小活宝躲在企鹅背上发现：原来，红胡子哈尔在蒙骗冰洞外的黑胡子队长！他一面和洞外的人周旋，一面紧锣密鼓地派他的仆从寻找冰洞的另外出口。而那个叫猫头鹰的小个子海盗，还真的在冰洞长廊的深处，找到了另一个小洞口，可以通向外面的世界。

"哈尔，你不会杀死我！"查教授故意大叫，想让洞外的人听见，"杀了我，你出洞后再遇到风暴、冰崩怎么办？谁为你找金矿？你还是投降吧，另找出路是不行的……"

哈尔向查教授猛击一拳，用手帕堵住他的嘴，把他的双手反绑起来，逼迫他撤退。

这可怎么办？眼睁睁看着海盗溜走？不不，小活宝赶忙拧转小企鹅的脖子，令它溜出冰洞。

转眼间，偷偷溜出冰洞的小活宝，已爬到黑胡子队长肩上，不容分说地大声命令：

"嗨！海盗找到另一个出口啦！胡子队长，快跟我来！"

队长吓了一跳，但他很快反应过来。因为亨亨博士已向解救队介绍过小活宝的情况。他马上让人封住这边的洞口，一边率领另外的人，飞速地带着小活宝，踏着冰雪转到冰丘的后边。

"嘘——"小活宝用食指抵住嘴唇，示意大家安静。

不久，小小的洞口传出窸窸窣窣声。

第一个人走出来了。一位解救队员刚要举枪，马上被队长制止了。噢，此人是查教授！狡猾的海盗有意让教授先出来作试探！小活宝这才打心眼里佩服这位大胡子队长，连忙使劲向教授挥手。

教授意外地见到埋伏在洞外的解救人员，惊喜地流出了泪水。但他依旧不动声色地站着，并用眼示意大家：继续埋伏好。小活宝看见，捆绑教授的粗绳另一端还在洞内。

"喂，教授，有情况吗？"洞内传出粗鲁的声音，"别耍花招，我哈尔可不是好惹的！"

"头，他的嘴……堵着呢！咳，要有事，刚才他……他一出洞口，就……会让人家给崩了！"这是猫头鹰的声音。

为了诱敌出洞，聪明的教授故意弯下腰，向洞里张望一番。哪怕牺牲自己，他也要引蛇出洞！

哈尔带着他的喽罗终于出洞了。当他们鬼鬼祟祟商讨如何尽快回到"雪鸥号"时，突然，不知从何处跃出十多人，一阵阵"缴枪不杀"的吼声和接踵而来的拳脚，以迅雷不及掩耳之势，迫使惊慌的海盗一个个趴下了。紧接着，一副副锃亮的手铐，铐在了他们罪恶的手上。

"干得好！干得好！"小活宝欢快地跃起，先扑上去吻了解救队长那蓬蓬松松的大黑胡子，又跳到查教授肩上呜呜咽咽地干哭一阵，再咯咯地笑着，在教授肩上和解救队员们一一亲切握手。

"我从亨亨博士那儿知道，你是一位了不起的、又聪明又勇敢的机器人小姑娘。今天的合作，使我亲眼看到，你果然名不虚传！"

大胡子队长乐哈哈地对着小活宝说："下面解救'雪鸥号'，还请多关照！"

小活宝听到赞扬，不好意思地笑了。

"哼！原来你不是外星机器人！"哈尔戴着手铐，瞪着圆鼓鼓的双眼，冲小活宝喊道，"我早该毁了你！呸！别得意，'雪鸥号'上还有我的兄弟！他们会让你那两个小伙伴当人质来换我回去的，走着瞧吧……"

哈尔被带上直升飞机。小活宝乐不起来了，愁眉苦脸地问查教授和大胡子队长："那可怎么好？逗逗、闯闯还受海盗控制着呢！"她巴

不得马上就能搭救出他们！

查教授的双眼也湿润了。是啊，逗逗、闯闯和小活宝，为救"雪鸥号"经历了那么多磨难。现在，那两个孩子又面临着更大的险境，怎么办？

大家顿时静了下来。茫茫雪原显得分外荒寂，一切都像冰似的凝冻着。可是每个人的心潮都在汹涌澎湃，思考着如何安全地解救逗逗、闯闯和"雪鸥号"上的科学家和船员们。

"教授，据您多日观察，跟随哈尔来找金矿的海盗中，有没有可以争取分化的？"解救队长问。

查教授沉思一阵说："猫头鹰。"

"不行不行！"小活宝连连摆手，"这家伙成天对哈尔点头哈腰！"

查教授笑了："对！但他受哈尔的气也最多。前一阵子，我有心接近他，对他讲过一些做人的道理。他曾给我看过哈尔毒打他留下的伤痕。他说，自己从小失去父母，不得已才投靠哈尔的，只为了混口饭吃！"

　　大胡子队长听了十分高兴。他马上布置任务：一，请查教授做争取猫头鹰的工作；二、由小活宝和猫头鹰先上船，设法将海盗灌醉；三、解救队在恰当时机，乘直升飞机登上"雪鸥号"，抓获船上海盗，然后，再挺进海霸岛，彻底摧毁这个害人的海盗窝！

　　小活宝在查教授肩上兴奋得又跳又笑！惹得又一群路过的小企鹅，纷纷向她围拢来，好奇地看着这位南极大陆上罕见的贵客——小小机器人。她的欢乐，很快感染了企鹅小绅士们。一个个不是仰首朝天，嗷嗷欢叫，就是蹒蹒跚跚，张翅舞蹈。大胡子队长、查教授以及十几位解救队员却顾不上高兴，他们蹲在厚厚的冰雪上，你一言我一语，商讨起更具体的解救"雪鸥号"方案……

头头是道侃金矿　在劫难逃醉蒙眬

"喂，弟兄们，咱们的头头哈尔，让我回来……报报报……"猫头鹰在重新变大了的小活宝陪同下，回到"雪鸥号"。面对万分警觉的十多个持枪海盗，他口吃的毛病又犯了，甚至两腿直哆嗦。因为这些海盗中，有个叫皮球彼得的胖子，十分阴险狠毒。他正逼视着猫头鹰。

"噢！猫头鹰高兴极了，又犯老毛病。"小活宝挥挥手，"让我来告诉大家：查教授为我们室女星座 C 星帝国，找到了大片金矿。由于哈尔跟随我探矿有功，我已通过光子通讯仪征得 C 星帝国同意，将分割一片矿区给哈尔！所以，他让猫头鹰来报个喜！哈尔说，他发了财，亏不了大家！"

小活宝表面挺镇定，心里却在咚咚地敲鼓，因为逗逗、闯闯正在皮球彼得身后，而彼得已掏出了手枪，绿眼中闪出阴森森的冷光。

"那么，我们的头儿和查教授呢？他们上哪去了？"彼得猛喝一声，"把那两个小家伙抓住！兄弟们，咱们得防着些。我说外星机器人，你是不是在耍什么花招哇？哼，我斗不过你，可这两个孩子在我掌心，你要耍花招，他俩可就没命了！你不是他俩的朋友吗？嗯？"

猫头鹰见小活宝镇静自若，又想起查教授让他"将功赎罪"的开导，还想起头头哈尔和皮球彼得平日对他的欺侮，他胆大起来，不紧不慢地按预定计划，告诉海盗说：哈尔和查教授正在外星人派来的飞

碟上，商讨如何尽快开采金矿。

"弟兄们，咱们的头头哈尔说，明天就……回海霸岛，设法再抢两条船，准备开……开金矿！还说，让皮球彼得当矿……长！咱们可真的要发……发大财哩！"

彼得见猫头鹰说得眉飞色舞，还听说要让自己当矿长，便动了心，使了个眼色，让海盗们放开逗逗和闯闯。机灵的逗逗已看出名堂，赶紧扑向小活宝说："恭喜你，外星人小姐！什么时候放我和闯闯回家啊？"

"快啦！哈尔说，他回船就放你们。说真的，尽管咱们是朋友，我们外星人，可不愿干涉你们地球人的事！还是等哈尔回来再说吧！"说着，小活宝提醒猫头鹰，"喂，你们头儿说，怎么庆贺来着？"

"噢，我忘了！"猫头鹰骨碌着大眼，笑笑说，"弟兄们！头儿说……今天破例，可让大伙儿喝……喝酒！"

皮球彼得本来就是个嗜酒如命的酒鬼。这些天，哈尔只管天天自己喝酒，却绝不让喽罗们喝。今天听说让喝酒，加上不久自己又要当金矿的矿长了，是该好好庆贺一番！彼得一时放松警惕，兴奋得手舞足蹈，呼这唤那，忙着张罗起来。他命人备足酒菜，准备痛痛快快喝个够。

趁忙乱之际，小活宝悄悄儿把哈尔被捕、解救队令她和猫头鹰上船做接应工作的事告诉了逗逗、闯闯，并请他们将此事转告给船上的科学家和船长、船员们。

不一会儿，皮球彼得和其他海盗都聚在餐厅里大吃大喝起来。狡猾的彼得拉住小活宝，试探着问：

"我说外星机器人小姐，南极这鬼地方，太阳常常是懒洋洋的，气温常常是零下五六十摄氏度。请问，你们外星人，怎样在这一片冰雪茫茫的冰冻世界里开金矿？"

"对对对！请外星机器人回答！"海盗喽罗们半醉半醒地凑热闹。

被彼得和其他海盗们责令在餐桌旁伺候端菜、倒酒的逗逗和闯闯愣了！哎呀，这可是道难题，亨亨爷爷从没讲过，小活宝的"电脑"里肯定没这方面资料，要是她答不出，皮球彼得会怎样？

"这问题很简单：利用冰层发电嘛！有了电，就可以照明取暖，可以开矿，可以运输！"谁知小活宝大大咧咧，满不在乎地侃了起来，而且侃得头头是道，不仅让海盗们听得如痴如醉，心花怒放，仿佛金子已闪闪烁烁地堆在他们眼前，就连逗逗和闯闯，也佩服得五体投地。他们佩服小活宝知识越来越渊博，想象力越来越丰富。那么，她是怎么说的呢？

"冰，能发电。你们不信？那么身为海盗，彼得，你知不知道，你们地球夏威夷海面上，有座温差发电站？其实，我们 C 星人早就对你们南极的冰层作了研究：虽然冰层的上面，是零下几十摄氏度的酷寒，可是，冰层像厚厚的'棉被'，铺在这里的洋面上。在十几米深的冰被下，海水始终保持着零下 1～3 摄氏度的常温，恒定不变。我们 C 星人，只要在冰下温暖的水里，安放一套闭合管路系统，使管路里低沸点液体沸腾起来，成为气体；气体推动汽轮发电机，电力就可以输送出来；发过电的余气继续往上，遇到极低温度，又会变成液体返回。这样，不断循环，电力也就不断。"

可不是吗？这和夏威夷的温差发电原理一样，只不过"冰洋发电"温差方向是下暖上冷，管道长度只需几十米，不必像夏威夷温差电站，要用 660 米长的管子，把深海冷水吸上来。这样的发电站真是妙不可言！有点知识的皮球彼得心中乐滋滋地想着，恭恭敬敬举起酒杯，请求小活宝开恩，让 C 星人千万帮帮他的忙，为他的金矿也安上冰层发电机！

"没问题！"小活宝拍拍胸脯，"其实，我们的本质一样。你们，是地球海盗；我们，是宇宙大盗！来！我代表 C 星人，敬你一杯！"

胖胖的彼得一怔，接着，用手抚着他的圆滚滚的肚皮，举着酒杯哈哈哈哈笑个不停！在猫头鹰、小活宝和逗逗、闯闯的轮番劝诱下，他渐渐地喝得东晃西摇，迷迷糊糊还不停责令其他海盗也使劲儿喝酒。他心想：在这天寒地冻的南极，有谁敢逃跑？船员们不等他们敬仰的查教授回来，谁会把"雪鸥号"开走？猫头鹰是哈尔的忠实奴仆，他能撒谎？小活宝是外星机器人，奉命来地球探金矿，和我们确实是一路货，更没必要和我们作对！所以，他大胆放心，拼命过酒瘾。就在这十几个海盗喝得酩酊大醉时，甲板上响起了隆隆声。

"嗯？怎么回事？"彼得晃晃悠悠，拔出手枪，"快，把……那两个小孩，给我先……抓起来！"

海盗们一个个紧张地拔出手枪，可是手脚不灵，根本抓不到东跑西窜的逗逗、闯闯。小活宝急了，怕海盗醉后乱打枪，立刻使眼色，让猫头鹰把逗逗和闯闯"抓"住。

"嗨！你疯啦？小活宝？"闯闯气急败坏地喊，"他们会让我和逗逗去当人质！"

小活宝明白，闯闯一时忘了猫头鹰已被争取过来，索性假戏真做，令猫头鹰紧紧抓住闯闯、逗逗不放。细心的逗逗不再挣扎，一个劲儿朝闯闯眨眼，闯闯根本不理会，跺着脚又骂又叫。

小活宝嘻嘻笑着对海盗说："这会儿放心了吧？有人质呢！我说彼得先生，您真蠢，一听到隆隆声，就吓得魂不附体。告诉您吧，那是我们C星的飞碟护送哈尔和查教授回船来啦！您难道就这样举着枪欢迎他们？"

彼得心中犹豫，蒙眬中见查教授已带着一个身披蓝斗篷、长着一头长长的蓝发和一大把蓝胡子的"外星人"走进餐厅。这外星人挥挥手，叽哩咕噜说了一阵话，又朝小活宝点点头。小活宝立即煞有介事地大声翻译：

"你们好！地球上的海盗兄弟！哈尔已和我们C星人签订了协议。我们将在冰原上很快建起庞大的发电站，哈尔将为我们收罗开金矿的

劳力！"

皮球彼得醉眼迷离地看着蓝头发、蓝胡子的"外星人"，觉得他十分威风，可又有点不放心地问："那么，咱头头哈尔呢？他……在哪？"小活宝和外星人叽叽咕咕一阵后，又翻译说："哈尔已在贵船甲板上的直升飞机停机坪上，正等着彼得先生去接受任务。"嘿，这回我彼得可真要当上金矿矿长啦！多威风，多神气，还可以捞到许许多多金子！彼得听后欣喜若狂，把手枪插进腰带，吆喝他的"兄弟"们赶快上甲板。

这群醉鬼晃晃荡荡摇摇摆摆，刚上甲板，就被出奇不意"从天而降"的十几个人飞快包围，按倒在地，毫不费劲地缴了枪！

"不准动！""缴枪不杀！""放老实点！"正义的吼声此起彼落，一付付亮锃锃的手铐，套在了醉醺醺的海盗们的手上。

"哎哟，外星人大爷——"彼得像皮球似地在地上打滚，"这是怎么回事啊？咱不都是一家人吗？您是宇宙大盗，咱是地球海盗嘛！"

"呸！谁和你们一家人？"那个蓝胡子外星人扯去蓝发套，脱去大斗蓬，露出了救援队的迷彩服。彼得一骨碌坐起，吓出一身冷汗，酒也醒了。他气鼓鼓地吹起腮帮，瞪圆发绿的双眼，看到了站在直升飞机舱门口，戴着手铐、垂头丧气的哈尔在叹息，他那滚圆的身子就像泄了气的皮球瘫软了。

"万岁！我们得救啦！我们解放啦！"

"雪鸥号"上的科学家们、船员们欢腾起来，他们相互拥抱，一一和解救队员们以及小活宝、逗逗、闯闯亲切握手，又敲起盆盆罐罐，高声唱呀、跳呀。

"呜——呜呜——"船长命令水手鸣响悦耳的笛声。笛声直入云端。

冰海雪原不再沉寂，湛蓝的海湾里浮冰歌唱，海豹欢游，蓝天上海鸟翩翩起舞。"雪鸥号"四周激起一朵朵白色的浪花，一头小海豚窜

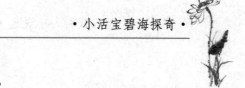

出海面，跳起，又落下；落下，又跃起。

"啊，阿勇——原来是你，久违啦！"

小活宝、逗逗、闯闯喜出望外地欢叫。原来，亨亨博士知道这儿太冷，不太适合海豚生活，特意为阿勇注射了抗寒针剂，使它能同来解救小主人们。噢，真是太好啦，只要再把海霸岛上的残余海盗全部抓获，就大功告成啦！

砸冰救崽象海豹　动魄惊心冰山崩

除了猫头鹰留下，准备参加清扫海霸岛剩余海盗的行动，其余的海盗全被押上了直升飞机，带往国际海事法庭去受审。

"雪鸥号"在海湾休整两天，就要向北去执行未完成的科学考察任务。

小活宝、逗逗、闯闯，还有不时光临船边的阿勇，都沉浸在幸福欢乐之中。因为难得来到南极，孩子们征得查教授同意，一同上岸，去游览那神奇的冰洞，在冰山脚下挑拣几块美丽的南极石。他们蹦蹦跳跳，四处嬉闹，放开喉咙，在洁净的银色世界里高声欢唱。他们沿海岸行进，尽量多拍几张相片，以便带回家给亨亨爷爷看。

"嘿，这儿的景色多棒！后边，是蓝色海湾里漂移的冰山；近岸，冰块上还冒出几堆灰色的礁石！逗逗姐，我坐在礁石上，你给我照一张！"闯闯说着，拣一堆圆溜溜的礁石坐了上去，悠然自得，咧嘴嬉笑，一心等着拍照——嗯？怎么有点儿不对劲，屁股下的"礁石"怎么滑腻腻的蠕动起来？再抬头看看逗逗、小活宝，她俩人大惊失色，张着嘴欲喊无声……

哎唷！闯闯稀里糊涂，竟坐到一头足有五六米长的海豹的背上了！海豹扭起脖子，瞪起惊恐的小眼，愤怒地"呼哧、呼哧"直喘粗气，吓得闯闯手足无措，呆在那里不知如何是好？

"别怕，闯闯，我来啦！"小活宝勇敢地挺身跃起，直向海豹扑去，活像一位临危不惧的女骑士。被激怒了的海豹，呼噜一声，鼓胀起一根长长的鼻子，摆出一副决斗的架势，挺直身冲小活宝迎来。它庞大的、滑溜溜的身躯只轻轻一拱，便把闯闯扔回到岸上，然后张开血红的大嘴，转身对付小活宝。灵活的小活宝"腾"地翻了一个筋斗，赶紧跳回逗逗身旁，心脏吓得"砰砰"直跳。

气人的是，逗逗不但不帮忙斗海豹，反而抢拍镜头，把刚才的惊险场面全拍了下来，甚至还咯咯地笑！

"哼，真不够朋友！还'咔嚓''咔嚓'照个没完？"闯闯气急败坏，夺过她手中的相机。

"呸！以后再不理你！"小活宝惊魂未定，怒气冲冲。

可是逗逗一点儿也不生气，只用手指按着嘴唇——"嘘"了一声，小声说："快看！"

细看，在冰上还有两头海豹。显然，那头比较大的，是雌海豹，另一头小不点儿的，是海豹宝宝。而那头冲他们吹胡子瞪眼最大的，

准是当了父亲的公海豹了！公海豹认定闯闯他们"不怀好意"，拼命地蹦起又落下，硬是用自己沉甸甸的硕大的身躯，把浮冰砸裂。当他回头望见心爱的妻儿终于从裂缝跳进深海、安然无恙了，这才放心地收拢起长长的鼻子，"扑通"钻入冰海，追逐自己的妻儿去了！

"刚才咱们碰上象海豹啦！其实，它们挺温顺的，只是因为闯闯坐到它背上了才发怒。更主要的是怕我们伤害它的小宝宝，所以挺身而出，砸冰救儿！"

经过逗逗这么一解释，小活宝才知道，刚才闯闯和自己并不危险，倒是象海豹在"自卫"哩！便不好意思地一个劲儿向逗逗赔不是。闯闯也后悔自己冒冒失失，连海豹在浮冰上晒太阳也没看清，就一屁股坐上去要照相！

"不过，幸好咱们没遇上凶狠的豹海豹！它们除捕食鱼类和乌贼外，还吃企鹅呢！"逗逗叹口气说，"唉！那头象海豹爸爸为保护自己的小宝宝，真是舍身忘己啊！"

小活宝听了，心里十分感动。心想：唉！自己要有个爸爸，也能这样爱护自己，该多好啊！小活宝鼻子酸酸的，可惜就是淌不出泪水。这时，她才又想起：自己是机器人！嗯，一定好好努力，等回去见到亨亨爷爷，恳求他让机器人公司为自己设计一双泪腺，那样，不就和逗逗、闯闯一样会笑，也会哭啦？

回到"雪鸥号"，已是吃晚餐的时候。由于这儿正是"极昼"，没有夜晚，所以天仍旧亮灿灿的。小活宝见逗逗、闯闯吃得狼吞虎咽，并不羡慕，她觉得吃饭很费事也很可笑，尤其吃了饭以后每天还要大便，咿唏——太臭！想到机器人和正常人比也有许多好处，不用吃喝拉撒，还可变大变小，她乐了，捂着嘴站在逗逗姐的身后偷偷儿笑。

大胡子队长吃完饭，亲切地拍拍小活宝的脑袋，问她刚才为啥偷笑？

"机器人的秘密！"小活宝淘气地眨眨亮晶晶的大眼说。

"好吧！喂，小活宝，咱们去甲板上玩玩！"

在这位队长叔叔的眼中，小活宝不是机器人，而是一位聪明伶俐的小女孩。他希望多了解她、爱护她，因为他和妻子离婚后，都快四十岁了，至今没再婚，也没个孩子。多少年来，他四处奔波，解救人质，解救因自然灾害被围困的人们，解救误入险境的需要帮助的人们，打捞沉船沉物，根本没时间顾及到娶妻成家的事。现在，小活宝给他带来一种向往：领养一个这样的勇敢机灵的女孩回家，生活一定会有意思得多！所以，他特别关注和观察小活宝。

在"雪鸥号"的甲板上，大胡子叔叔绘声绘色地给小活宝讲他在一次沙漠救人时的故事，小活宝正听得津津有味，远处却传来了阵阵沉闷的轰隆声。声音越来越大，大胡子队长停下他的故事，侧耳细听了一阵，立刻满脸严肃地说：

"不好，不好，岸上有座冰山很快要发生冰崩！"

正说着，查教授已提着摄像机上了甲板。果然，有座冰山的顶端突然冒起一团蘑菇形的白雾。查教授不失时机，摄下这一珍贵镜头。

"小活宝，立即去报告船长，让船上的人到甲板集中，并请船长做好避险准备！"查教授边转动摄像机，边向小活宝下命令。

小活宝飞速赶到驾驶室，向船长报告了险情。老船长已同时发现不正常的情况，但不知这是冰崩。现在，他异常镇定地打开了扩音器，一方面通知大家上甲板，一方面命令船员们马上起锚，离开海湾。因为这片海域很狭窄，很危险！

"雪鸥号"还没来得及启动，有如大卡车、小客轮似的巨大冰块，已从冰山上重重地崩落到冰海中。大冰块激起的水浪，迫使海湾里的浮冰和小冰山纷纷急速地腾翻、旋转起来。它们像无数匹受惊的白色野马，向"雪鸥号"疯狂扑来。幸好船长冷静、机智，准确而又十分迅速地指挥船员把船退到了海湾深处。恰好，又漂来两座小冰山挡到"雪鸥号"前边，成了天然保护屏障，大家才幸免于难。

逗逗、闯闯、小活宝在这场罕见的南极冰山冰崩面前，头一次领略到了自然灾害的可怖，他们紧紧抱成一团，吓得浑身哆嗦。

轰鸣声渐小，抬头望去——哎呀，船已被海湾里的浮冰和重重叠叠的大小冰山团团围住！往后，即使"雪鸥"有三头六臂，怕也难以破冰突围了！眼看捣毁海盗窝的任务即将大功告成，可以凯旋而归了，偏偏又出了这样的意外！逗逗、闯闯缺了那么多课该怎么办？亨亨爷爷、妈妈、老师、同学们惦念怎么办？逗逗和闯闯太想家，想老师、同学们了，不觉呜呜地痛哭流涕，小活宝也跟着长吁短叹。

柳暗花明突冰困　以逸待劳巧策划

　　在突如其来的自然灾害面前，大人们都万分镇定沉着。逗逗的爸爸捧着摄影机，毫不懈怠地记录下冰崩的珍贵镜头；老船长指挥船员，不断地和海湾中的浮冰及小冰山周旋；大胡子队长率领他的队员，主动搬移船上的重要仪器到最安全的地方。小活宝悄悄儿拉拉逗逗的衣角，劝她别再哭泣。逗逗和闯闯不好意思了，渐渐安静下来。三个孩子眼看"雪鸥号"被冰雪团团围住，商量着要帮大人们一点忙——究竟怎样才能使考察船尽快脱离险境呢？

　　陆地上的那座大冰山还在陆陆续续发生余崩，它像一头硕大的白狮，不停地高一阵、低一阵地怒吼。在这样的时刻，船长具有绝对的权威。他在冰崩间隙时刻，召集船上各方人员的代表作出决定：请求我国的南极考察站派直升飞机来，先把三个孩子和年迈的科学家接走。

　　"我们不走，我们还要去海霸岛！"闯闯嚷道。

　　"对，我们要抓完最后一个海盗！"逗逗说。

　　"我是机器人，才不怕什么冰崩呢！让我们留下吧，我们不拖大人后腿！"小活宝争辩。

　　可是查教授和解救队队长说，这是船长的命令，在紧急情况下，船长的命令是绝对不可违抗的！

　　怎么办？几个小时后，直升飞机就要来了。在这种情况下一走了

之，不等于临阵脱逃吗？三个孩子决定不再恳求那些固执的大人，而是要设法在这几个小时内，使"雪鸥号"突围！怎么突围？当然首先找到突围的缺口！怎么才能找到这个缺口呢？这可不是件容易的事啊！

"唉！要是有几头雄海豹，把挡在船前的那两座小冰山中间的冰块砸碎，该多好！"闯闯记起象海豹"砸冰救子"的事，突发异想。

"说得容易，到哪去找几头象海豹！它们也不会听从咱们的指挥啊！——不过，阿勇也许能完成这样的任务？"点子最多的逗逗，忽然挠挠头寻思着，"前天阿勇还跃出海面和咱们玩呢，说明它一定还在附近！嗨，小活宝，看你的啦——也许'雪鸥号'真能很快突围呢！"她的眼睛闪闪发亮。

三个孩子于是又把头凑到一块，神秘兮兮地唧唧咕咕一阵。然后分头行动。

逗逗向爸爸要来一架手提扩音机，说是小活宝要和阿勇"告别"，必须向海湾深处讲几句话，爸爸答应了。

闯闯从船舱里找出几块花花绿绿的布条和一只大脸盆、一根小木棒，在船舷旁"严阵以待"。

逗逗站到高高的舷梯上，冲着浮冰拥挤的海湾，用扩音器发出"喊喊嚓嚓，唏唏吁吁"各种低频率的声响。

查教授、大胡子队长、老船长都被孩子们的古怪行为吸引，来到甲板静静地观察。远处的陆缘冰山也似乎觉察到什么，停止了冰崩，等待出现什么奇迹……

啊哈，海湾冰缝蓝蓝的海水中，冒出一只只灰色的圆脑袋。接着，有只漂亮的小海豚，轻盈地跳到两座小冰山中间的浮冰上。它扭头朝海中瞟了一眼，"扑通""扑通""扑通"，一连有五、六头象海豹小崽被引到了冰上，它们开心地在冰上互相顶脑袋，打滚，戏嬉。紧接着，三头海豹妈妈也笨拙地爬上厚厚的冰块，懒懒地、美滋滋地匍匐着，看着它们的小宝宝戏要，全不把面前的"雪鸥号"放在眼里。

逗逗乘机朝闯闯一使眼色，一阵哐哐当当的敲盆声响起，逗逗及时甩出花花绿绿的布带朝小海豹飞舞。小活宝呢，干脆念"秘语"使自己变大，冲着冰上的海豹又跳又叫。

浮冰上的象海豹立刻乱做一团，互相你推我挤。三只雌海豹咧开血红大嘴对着小活宝怒吼。它们惊恐的叫声招来了四、五头身肥力大的公海豹，一齐奋不顾身冲到冰上，故技重演，伸出长长的象鼻，拼命在冰块上跳起又落下……咔嚓，咔嚓，只几分钟，那块结实的大浮冰，就裂开了几条缝。小海豹在它们的妈妈掩护下，纷纷从冰隙跳到海里。直到这时，公海豹才收拢鼻子，停止战斗，跳水溜之大吉。

小活宝仍在兴奋地又叫又跳，被逗逗大喝一声："还跳啥？赶紧请船长伯伯开船，冲出冰围去哇！"

三个孩子回头一看：啊啃，船长太聪明了，他早已站在高高的驾驶室内，笑容可掬地朝他们挥了挥手，点了点头。

一阵船笛响起，"雪鸥号"从两座小冰山的中间破冰而出，绕过重重叠叠的"白色迷魂阵"，来到了开阔海域……

小活宝回头看见：呀！好险！寒冷的气候、凛冽的海风，又把两座冰山之间的浮冰凝在了一起；海湾深处也被严严实实封住了；而那座陆缘冰山，又开始轰轰隆隆地继续咆哮，大小冰块直往原先"雪鸥号"停留之处猛砸！哦！幸亏及早冲了出来！

"孩子们万岁！"

船上的大人们纷纷拥上甲板，把三个孩子团团围住，又是亲，又是抱，又是抛。

一朵祥云浮在天际，是否它预示着"雪鸥号"下一步的行动会一切顺利？

船长收回了让孩子们下船的命令。大胡子队长更是佩服这几个小勇士的机智。在召集去海霸岛执行任务的预备会上，他特邀小活宝、逗逗和闯闯出席会议，十分仔细认真地向他们了解海霸岛的地形、防

卫和海盗的情况。然后分给他们每人一项任务：闯闯画出海霸岛的地形图和防卫点；逗逗帮救援队出谋划策；小活宝保持与阿勇的联系，同时请船上一位电脑专家为她全面检查，给魔棍充电。

孩子们极其认真地接受了任务。

"别急，咱们还有四五天时间，船还要在南极圈航行，顺路完成一些科学考察任务，你们不必太紧张。"大胡子队长用炯炯的目光扫了他们一眼，咧嘴笑笑，"这两天，你们先睡个痛快、玩个痛快、吃个痛快——喏！这就是我的命令！"

初识南极真面目　神秘莫测赏极光

　　经历了南极的风暴和冰崩之后，小活宝对南极千变万化的天气有了较全面的了解。现在"雪鸥号"冲出冰魔的包围，开始在蓝白相间的海上向北驶去。今天的天气多么晴朗啊！明媚的阳光，袅袅的白云，翩翩飞舞的海鸟，欢乐畅游的海兽，组合成一幅动人的美妙画面。原先狰狞可怕的冰山和浮冰，现在变得宁静而又可爱，就像许多冰上舞蹈的女孩，在碧海中悠悠飘移。

　　真是千变万化、捉摸不定的南极洲！

　　小活宝自在清闲地在考察船上蹓跶。她在甲板上一块南极地形图的大牌子上见到：南极洲，原来是指南极周围的一些岛屿和被冰雪覆盖的大陆。它们被大西洋、印度洋和太平洋包围着。前些天，她登上过的南极大陆在地图上的形状活脱脱像一头坐东面西的小象脑袋！难怪人类多少年来难以接近这块冰雪荒原呢！它被一个南纬 40°～60°间的宽阔暴风区隔开，又被冰雪的铜墙铁壁阻挡！它的气候寒冷而又喜怒无常！如今，人类已在这里建立起许多科学考察站，和平利用南极，保护南极生态平衡的愿望定能实现。这次有幸能来见识见识地球上最南端的地方，真不容易啊！可惜的是，至今没能看到美丽的极光。听说，极光是自然界中最漂亮的奇观之一呢！

　　"小活宝，请到船上的影视厅去，你的朋友逗逗和闯闯正在那儿

等你！"

广播中传来船上三副的声音。

小活宝来到影视厅，见空荡荡的大厅里，只有他们三个小伙伴。

"嗨，你上哪了？舅舅给了我们一盘带子，让我们放了看看！"闯闯说着，急匆匆地按查教授吩咐，摁下放像机的按键。逗逗顺手关了灯，大厅里顿时漆黑一团。

随着仙乐般的笛声轻轻荡漾，影视厅仿佛渐渐变成了夜晚的南极荒原。不一会儿，他们感到已置身于夜空之下。光波的帷幔徐徐升起，绿色的、玫瑰红色的、橙黄色的光源，随着乐声在夜空中交替出现。它们一会儿呈弧状，一会儿呈带状、片状，又缓缓变成螺旋形。绚丽的光芒溢满天穹，使孩子们感到心旷神怡、飘飘欲仙。他们静静地欣赏着，谁也不问这是什么？为什么如此美妙？一阵快节奏的音乐骤起，天空中的光束随之扭动起来。瞬息间，金蛇狂舞，万马奔腾；战车辚辚，长矛闪烁；巨龙腾飞，彩练当空；两军交战，场面恢宏动人……

乐声复又轻缓，淡绿的光焰像海洋，乳白的光晕像冰山，慢慢地，夜空中所有的光变得淡了，淡了……

"哦，极光！我们看到神奇美丽的极光！"小活宝深深喘了口气，小声说。

影视厅的灯亮了。查教授走了进来，笑吟吟地说："这是今年春天，我用新发明的立体摄录一体机拍摄的极光。后来不久，船被海盗劫持了，我就把它们珍藏了起来。现在，你们是首批小观众。"

逗逗感动极了，扑到爸爸怀中说："爸，这是您送给我们的最好礼物！"

查教授告诉孩子们，这立体摄录机在放像时，可以使人身临其境。音乐呢，是事后配上去的，因为拍极光时，几乎万籁俱寂。

"极光真是绚丽多姿，太美了！"逗逗说。

"极光真是离奇怪异，真带劲！"闯闯说。

"极光真是变幻莫测，不可思议！"小活宝喃喃自语。

"怎么不可思议？它是一种放电现象。"闯闯神气活现地说。

"不对，是光学现象！"逗逗和他争辩起来。

"恐怕还和地球磁场有关！"小活宝挠挠头。

查教授被他们好学的精神感动，便娓娓地解释说，形成极光的必不可少条件是：大气、磁场、太阳风。太阳风，就是太阳喷射出来的带电粒子流。地磁场分布在地球周围，被太阳风包裹，形成一个棒槌状的磁层。它就像一个硕大的电视显像管，把太阳风的粒子流，汇聚成光束，聚焦到地磁的极区，而大气，就成了巨形荧光屏，把移动的光辐射图像显示出来，这就是极光。

"所以，极光既是放电现象，也是光学现象，又和地磁有关。你们三人都讲对了一部分！"查教授鼓励三个孩子，"好好学习吧！长大了到南极来，利用极光的电能，让极地的漫漫长夜亮起来，寒冷的天气里家家能取暖，让沉寂的荒原机器轰鸣，甚至可以用电波促进植物生长，使奶牛多产奶，母鸡多生蛋，整个南极将成为人间乐园！"

呀！长大了来南极！使荒原变乐园！多么美好的向往。可是机器人也会长大吗？如果逗逗和闯闯都长成大小伙子、大姑娘，我还是这么一副傻乎乎的小女孩模样，该多惨哟？小活宝难受得想哭，可就是没一滴泪。她没有泪腺。

解救队的大胡子叔叔走进影视厅，细心地看出小活宝在垂头伤心。

"喂，小姑娘，有什么心事吗？"他拍拍她的头问。

"叔叔，我……会长大吗？我为什么没有眼泪？我想和逗逗姐一样……"她瞪大漂亮的双眼，幽幽地一个劲儿唠叨，"我想能长大，有眼泪！"

大胡子叔叔和查教授对视了一会儿，十分认真地说："好好完成任务，我们会尽力使你更完善的！而且，我想……"

想什么？大胡子叔叔把话咽了下去。因为他的心事还没和亨亨爷

爷商量。

　　"要知道，即便是逗逗、闯闯，也不会尽善尽美。小活宝，打起精神，好吗？"查教授感叹地说，"他们要长大，还会变老。他们羡慕你可以变大又变小，可以把应该记忆的事，毫不遗漏的印在脑中。而亨亨爷爷和我，还真羡慕你永远年少，朝气蓬勃。我们呢，常常会为衰老而无奈！"

　　"是啊，不论是谁，是人，还是机器人，只要他的确努力地为别人做过许多有益的事，为地球增加过一点光辉，那么，他就会像天上的流星和极光，闪耀出美丽动人的光彩！哪怕只是一刹那，也一定十分令人感动！"大胡子叔叔诚恳地说。

　　对呀！并不是什么事都全合心意的！我小活宝虽然是机器人，可是只要我做好事，为亨亨爷爷争气、争光，我就会获得爱，我就能像一缕极光和一颗流星那样可爱美丽！

　　小活宝快活起来。一跃而起，分别在查教授和大胡子叔叔的左右脸颊上"叭哒、叭哒"地亲吻了几下，逗得大伙儿笑得前俯后仰。

深海丑鱼奇趣多　葫芦卖药文字鱼

　　"雪鸥号"像蓝天上的白云，在南极的冰海中徐徐穿行。越向北，天气越暖和。告别了最后一座小冰山，船在南大洋如鱼得水，畅行无阻。突然，广播中传来船长"抛锚"的命令。

　　"诸位，现在以查教授为首的几位科学家，要作一次深海考察，请甲板上的水手，放下考察潜艇！"

　　逗逗、闯闯和小活宝兴奋又激动：多么难得的机会啊！如果大人们准许他们到深海去瞧一瞧该多好！怎样才能获得准许呢？他们三人正商量着，住舱中的那只扩音器，传来喜讯：

　　"逗逗、小活宝、闯闯三位小朋友注意：请你们马上到甲板！经考察队研究，你们已获准随潜艇去深海考察！"

　　啊哈！太棒啦！孩子们欢呼着一阵风似地飞奔到甲板上。只见那艘精巧漂亮的银灰色潜艇，已被吊车缓缓投入大海。

　　查教授为逗逗、闯闯准备好了两件小潜水服；大胡子队长拉开小活宝颈背部那条细细的特制的拉练，替她换上一节新的高能电池，一边担心地问："如果你钻出潜艇，到海底游玩，能行吗？"

　　"叔叔放心！我的肺是仿海兽特制的，可以在海底自由行动！"她调皮地耸耸小鼻子，"这可是千载难逢的好机会，我要在深海海底拍摄许多好镜头，回去让亨亨爷爷惊喜一下！"

　　三个孩子随五位科学考察家，一行八人，列成纵队，依次沿软梯往下登上潜艇。

　　潜艇晃晃悠悠向下沉，小活宝的心渐渐有点沉重。原来这儿的海底，并不像她上次在近岸浅海海底看到的那样美丽！通过舷窗，她见到四周越来越暗。这么黑的深海里，到底有没有生物？海洋百科全书上说，100 多年前，英国科学家曾断言，500 米深的海底绝没有生命的踪迹。可是 20 世纪 60 年代，两位潜水勇士在 11022 米深的海中，竟看到了一种怪怪的扁鱼和一种深红色的小虾！现在这艘潜艇仅在 1000 米深，周围已黑黢黢的不见五指，水也不大流动。潜艇的仪表显示，海水温度仅为零摄氏度。孩子们都在心中嘀咕：这么冷，这么黑，太阳光早已无法维持植物的光合作用，也无法为海洋动物照明，再加上海水沉重的压力，看来，这儿不会有什么海底生命了！

　　"喂，快看，前边有鱼！"沉默了许久的闯闯突然喊。由于这艘科学考察潜艇四周有很大的透明考察窗，所以观察范围很大。小活宝立即摁动前额的那颗红痣，两眼放射出耀眼的金灿灿光芒，紧接着，潜艇前端的探照灯也亮了，直朝鱼影追踪过去——嘿！这是一条奇丑无比的怪鱼：眼球鼓出，嘴巴特大，脑袋上还伸出一根长长的"钓竿！"

　　"这是锯颌鱼！"查教授说着，打开照相机，"咔嚓"、"咔嚓"对准怪鱼连照了几张像。

　　有几条缓缓游动的鱼更怪：它们的尾巴细长弯曲，身子有点像带鱼，可是丑陋的嘴大得几乎占去了全身的 1/2，而且总是张大了嘴等吃的！查教授告诉孩子们：这是巨喉鱼！

　　渐渐地，海底热闹起来，除了有小活宝熟悉的浑身长刺的海胆，随波轻轻摇荡的海百合，全身滑软、貌似带刺黄瓜的海参外，还有许多不知名的蠕虫！

　　"真想不到，寂静的深海海底有这么多生物！只是这里的鱼真是其貌不扬！"逗逗笑着，并请求查教授让他们几个小伙伴随考察人员一同

到潜艇外去见识见识。

得到准许之后，孩子们随查教授等人从潜艇底部的一个出口，依次游了出来。这儿虽比不上近岸的海底美丽，却也别有风采。在潜艇探照灯光指引下，他们还看到了头上长角的固灯鱼和前唇长着细长鞭子的鞭吻鱼……这些不见天日的鱼都很怪、很丑，也很奇特。由于好奇心的驱使，逗逗自作主张，离开了人群，壮大胆向更远、更深的海底潜去。突然，她在黑乎乎的海底泥沙上，看到有个小小的穗头在轻轻摆动，还不时闪烁出红、蓝、白等各色光芒。哟，真是美妙无比！逗逗以为，也许她在海底发现了一种会发光、会变色的植物！哈，如果真是她第一个发现这种美丽的深海植物，就给它取名叫"逗逗草"！那么，回到少年宫，她就把这种草带去炫耀炫耀，多神气！同学们一定羡慕她。

逗逗得意忘形地伸手去摘那穗子，不料，穗子没摘到，却被猛然从泥沙中钻出头来的一条丑鱼紧紧咬住了！幸好那"手"只是潜水服的袖子，才没被这条可恶的大鱼咬得鲜血直流。

"小活宝、闯闯！救命！"

水下对讲器传出逗逗急迫的呼救声。小活宝头一个赶来，打亮电眼：啊呀，逗逗正和一条足有5米长的圆形大丑鱼在"拔河"呢！那条大鱼咧着长满利齿的大嘴，鼓着圆溜溜的小眼，使劲儿想吞吃那只送上门的胳臂！这可怎么办？对，用别的"美味"来替换！想起上次闯闯被章鱼腕足缠住，她用螃蟹救他脱险的经历，小活宝立刻朝另一处游去！

"喂——你怎么见死不救哇？"逗逗一边用力"拔河"，一边气急败坏地喊叫。

不一会儿，小活宝又游了回来，手中提着一条滑溜溜的大蠕虫。只见她不紧不慢地在丑鱼头前晃动那蠕虫，嘴里还唧唧咕咕地说："这虫可是又鲜又美哟！来吧，来吧，吃这个，宝贝！"

果然，丑鱼被蠕虫鲜活的味儿诱惑，松开逗逗，"啊呜"一口，咬住了蠕虫……

随后游来的人，都见到了刚才的"惊险"场面，不由地全都长长吐了口气，使水中"骨碌碌"冒出了一串又一串气泡泡，看着气泡，大家呵呵地笑了！

大伙儿围着这条鱼仔细观察：那只会变色闪光的穗儿，其实是一根"钓竿"上的肉质诱饵！这诱饵从鱼的背鳍上伸出，黑暗中闪闪发光，诱使小鱼们误以为是条闪光小虫儿，纷纷前来争食。这时，总爱把身子埋在沙泥中的大丑鱼，便乘机张开大嘴把小鱼们一口吞下。今天，逗逗竟也上了它的当！再细细一看，这条鱼背上，还有个似鱼非

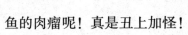

鱼的肉瘤呢！真是丑上加怪！

"爸，它身上还背着小鱼仔儿？"逗逗早忘了刚才的惊恐，好奇万分，"是它的丑儿子吗？"

"不！那是它的小丈夫！"查教授笑了，"这条丑鱼叫鮟鱇鱼。它又丑、又笨、又懒！由于身体笨重，所以成天沉在海底的泥沙中，用钓鱼竿儿耍花招，使自己生存下来。'她'的丈夫更懒，从卵里孵化出来不久就找'对象'，一旦找到一条雌鮟鱇鱼，就附在'她'的身上当寄生虫，连它的唇舌也贪婪地渐渐长到'她'的皮中去，完全靠妻子身体里的血液生活了！"

"哈，有趣，有趣！"闯闯拍巴掌嚷道。

"喂，闯闯！你以后可别当这样的小丈夫哟！"闯闯听逗逗、小活宝同时跟他开玩笑，蹬着脚蹼，在水中向她们撵去。

寂寞的海底欢腾起来。那条雌鮟鱇鱼知趣地向泥沙中缩回了身子……

小活宝觉得，这次的深海旅游收获不小，回到潜艇上，竟有点留连忘返了。为了满足孩子们的好奇心，潜艇特意又在海底缓缓兜了几圈。啊，有的深海海域居然群星闪烁，龙灯飞舞，潜艇在闪闪烁烁的亮光中穿梭，就好像宇宙飞船在满天星斗的太空中遨游！定神细望，原来是形形色色的小鱼儿，在争奇斗艳地变魔术。瞧，有条穷凶极恶的大鱼，正向一条闪着耀眼宝石光芒的小鱼扑去，小鱼拼命朝前游，大鱼紧追不舍，千钧一发之际，小鱼突然把光熄灭，灵巧地来了个急转弯。一眨眼，它就溜之大吉了！眼前突然黑乎乎一片，大鱼只好悻悻离去。

噢！鱼儿在深海里发光，除了照明、诱食以外，还能逃生呢！

潜艇上浮，快到海面时，查教授等人把孩子们留在艇上，他们再去上层海域进行科学考察。回潜艇时，科学家们带来许许多多作标本用的海洋生物。其中有几条鱼全身发黑，皮肤上长满细长弯曲的白条纹，好像有人在黑板上写满了粉笔字。

"文字鱼？"逗逗大惊小怪地喊着，又细细拾起这几条鱼，反反复复、煞有介事地看了又看，然后恳求道，"爸，求求你，把这一条'半月刺鲽'送给我们吧，啊？"

小活宝和闯闯面面相觑，知道逗逗又要出什么点子，便同声恳求。查教授见还有几条同样的鱼，就大方地答应，把那条绰号"文字鱼"，学名叫半月刺鲽的黑鱼，作为礼物，送给了逗逗。

可是，逗逗葫芦里到底卖的什么药呢？小活宝和闯闯急不可耐地注视着她。逗逗呢，只是冲他俩诡秘地挤挤眼，摆摆手。

真是急人哪！小活宝巴望赶紧回到大船上他们三人的"小窝"里去，以便尽快知道逗逗又出什么鬼主意？

装神弄鬼觅贼窝　诡计多端黑脸猴

"喂，逗逗姐，你搞什么鬼？快说，不然我把这条鱼扔了！"闯闯急了。

"那就先听我讲个故事！"逗逗不紧不慢，打开住舱的门。

"别卖关子，要讲就快讲嘛！"小活宝护住水盆中的半月刺鰈，深怕闯闯真把它扔掉。

逗逗绘声绘色地说："100多年前，有一天，在非洲桑给巴尔的市场上，人群熙熙攘攘。突然，有位顾客在一个鲜鱼摊位上惊奇地喊道：'这条鱼身上有文字！'人们听了都围过来，可不是吗？这位顾客手中的半月刺鰈的尾鳍上，赫然写着一行阿拉伯文：'没有上帝，但有回教神阿拉赫'；翻过鱼身，尾鳍另一面写着：'回教神的警告'！这一惊人的发现轰动了全城。结果，这条原本价值一个卢比的小鱼，竟以一万卢比卖出。从此，半月刺鰈也叫'文字鱼'。许多人认为，它们能通灵显圣呢！你们细细瞧瞧：这条小黑鱼的尾鳍上，是不是也有几行拉长了的'英文字母'？读出来听听，准让你俩大吃一惊！"

闯闯小心翼翼提起那尾小鱼，喃喃地嘟囔了一阵，惊讶地说："这一面就像是'放下屠刀'，那一面仿佛是'立地成佛'！呀！真是巧合有趣！"

究竟什么意思？小活宝寻思了一会，终于明白逗逗的意思了，她一定是想让海霸岛上的海盗们，自动放下武器。当她把这个猜测说出来时，逗逗使劲儿点点头。闯闯却一迭声说"不行不行！"为此，姐弟俩脸红脖子粗地争吵起来。逗逗认为，既然猫头鹰能改邪归正，其他海盗也就有可能放下屠刀；闯闯认为，猫头鹰是个别的海盗，他只是在解救队的压力下转变的，而大部分海盗凶狠贪财，绝不会"立地成佛"！最后还是小活宝作了调解。她的看法是，海盗中有顽固的，也有个别是受生活逼迫走上邪路的。如果去分化他们，就应该像查教授争取猫头鹰那样，争取几个平时受气的，也许真有可能不打枪、不流血，把海霸岛上剩下的几十个海盗一网打尽！

在经历了那么多的风风雨雨之后，孩子们渐渐变得成熟起来。他们从大人那儿学到了许多有益的东西，还想把学到的东西变成他们自己轰轰烈烈的行动，他们梦想成为"剿匪"的英雄。于是，他们很快统一了意见，以逗逗为首，"策划"了一次"和平解放海霸岛"的行动……

"报告船长！我们想全面观光一下即将离去的南大洋美丽风光，请船长先生准许放下'小天使号'！等傍晚晚霞映红西天时，我们一定返回大船。"小活宝请求。知道孩子们对"小天使号"已很熟悉，船长慨然允许了他们的请求。当这艘小艇在蓝莹莹的海面上急速飞驰时，查教授见到小海豚阿勇也尾随船后，紧张地拱水前进。他们那副急匆匆的样子，立刻引起了他的注意……

阔别"小天使"很久了的孩子，现在觉得如虎添翼。他们像出征的勇士，一路高歌。直到临近海霸岛时，才变得严肃认真。一切都在按计划进行——

"嗨，海霸大叔们——我们回来啦！"闯闯在围墙的碉堡下大喊。

一阵掰枪的紧张的"咔咔"声，显得很恐怖。见鬼！这三个孩子前几天神不知鬼不觉逃走了，怎么今天又神不知鬼不觉地回来了？守在碉堡内的海盗们，差不多10天没听到头头哈尔的消息了。哈尔走前

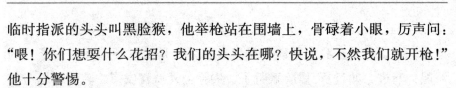

临时指派的头头叫黑脸猴，他举枪站在围墙上，骨碌着小眼，厉声问：
"喂！你们想要什么花招？我们的头头在哪？快说，不然我们就开枪！"
他十分警惕。

"嘻——你吓唬谁？"变得五大三粗的小活宝叉腰笑道，"上次，我
们去见了主宰地球的神仙。今天，我们来传达他的命令！"

"一派胡言！你不是室女星座 C 星的机器人吗？怎么又去会见什
么神仙？"黑脸猴冷笑着问。

哎呀，怎么这人记性这么好？可不是吗，外星机器人怎么会认识
什么神仙？

"这个嘛……这个……"小活宝结巴了。

"嘿，您没听说过？地球以外有九重天！菩萨在离地球的九重天
内，外星人在九重天外！真的，有位菩萨请机器人小姐去见了面，我
们俩作为金童玉女，陪着去的！"逗逗极其认真地解释。

"不信，请您身后的那两位印度大叔陪您去海边瞧瞧嘛！"闯闯喊
道，"您会看到奇迹呢，真的！"

原来，逗逗和闯闯早已知道，海盗中有印度人两兄弟，曾经信佛。
现在是故意利用他俩。

"头儿，去看看也没关系，不就三个毛孩子吗？没什么好怕的！"
两兄弟对小活宝的话半信半疑，鼓动着去海边看看。

黑脸猴翻翻眼，心里盘算了一阵，又对着其他几个海盗的耳朵一
一嘀咕了几声，才缓缓走下碉堡，打开厚重的大门，带着两个印度海
盗，押着三个孩子向海边走去。

远远地，有条小海豚从浪花中冒出，口中叼着一条鱼，径直向黑
脸猴游来。待它游近海滩时，才稳稳当当地把口中的鱼抛给了有点惊
异的黑脸猴。唔，一条普通的半月刺鲽——不过海豚不把鱼吞下，只
把它抛给我，也许真有什么名堂——他拎起鱼认真检查一番，口中不
觉轻声念着："放下屠刀，立地成佛！"

"扑通"、"扑通"，印度人相继跪下，嘴里连喊："菩萨保佑！菩萨饶命！菩萨慈悲！我兄弟俩本是善良水手，是哈尔硬逼我们上了他的贼船！罪过、罪过！"黑脸猴听了，尖脸分外铁青发黑，转身用枪对着印度两兄弟，破口大骂："想当叛徒？谁敢背叛哈尔，我就杀了谁！哼！没出息的胆小鬼！"

小活宝见时机已到，一摁眉心红痣，两眼金光灼灼，十分威严地说：

"大胆黑脸猴！你敢违抗神的意志？哼，告诉你吧，菩萨已把哈尔引上天牢去关押，猫头鹰呢！由于悔过立功，已被谅解！你今天不思悔改，还要杀你的弟兄们，就不怕受报应？快命令所有的海盗，放下武器，交给逗逗和闯闯！苦海无边，回头是岸！"

黑脸猴歪着脑袋，寻思了一会儿，把鱼扔给仍跪倒在地的两兄弟，举枪向天连放了三枪，说：

"我原先不信鬼神和上帝。不过嘛，这鱼身上的字，还真叫我迷惑了！好吧，请三位小客人跟我进围墙，放下武器的事嘛，好商量！"

哇！有门！我们要立奇功啦！三个孩子乐不可支，直想跳起来，可脸上还硬装严肃。

谁料到，黑脸猴在欺骗他们！刚迈进森严壁垒的海盗窝，昏暗中，就冲出几个大汉，先把小活宝扑倒。没等她来得及挣扎，他们就扯开了她颈背部那精致的肉色拉练。一阵眩晕，小活宝心脏附近的高能电池被粗暴取出……逗逗、闯闯惊魂未定，也被牢牢抓住，捆绑起来。

"哼！跟我要花招？嫩了些。喂，金童玉女，我可要用你们去换回咱头头哈尔！我们仍旧要在这座小岛上当我们的海盗，过自在富足的日子！"黑脸猴洋洋得意，挥了挥手中的枪！

哎哟！天已傍晚，晚霞已红，"雪鸥号"上的大人们一定已在焦急地等我们回去。唉！我们怎么那么笨？居然没注意到黑脸猴那对天开三枪，其实是个坏信号！这可怎么是好？逗逗、闯闯心急如焚。

闯闯救活机器人　胡子队长认女儿

其实，孩子们的行动早被查教授和解救队觉察。他们经过周密分析，认为三个孩子去海霸岛不会有太大危险——因为头头哈尔在他们手中。况且，孩子一定想学大人，去分化敌人。而争取不动枪炮瓦解海盗，是有可能的……

夜幕降临，逗逗和闯闯被关押在一间仓库中。那里堆放着各色钱币、珠宝和值钱的货物。那颗他们从海边大蛤中得到的大珍珠，被安置在一只精美的大盘中，柔美的光晕，似乎在无声地安慰着逗逗和闯闯。可是逗逗依旧在伤心地轻声啜泣，气恼地责备自己："都是我出的歪主意，害得小活宝不死不活，还让爸爸他们操心！"

"别泄气，逗逗姐。咱们再想想法子！"闯闯反倒镇静了。他挤到逗逗身边，为的是暖和些。高高的天窗，已漏进两三颗星星清清淡淡的亮光。

"呜——"远处传来一阵悦耳的汽笛声。笛声穿过海霸岛的森严壁垒，给两个孩子带来希望的喜悦。那是"雪鸥号"的笛声啊！多少天南大洋的冰海航行，使他们熟悉了这声音。他俩顿时振奋无比。

门外传来一阵阵忙乱的奔走声，吆喝声。

"快，准备枪炮，谁也不准乱跑……"这是黑脸猴的声音，"我上碉堡指挥行动；一班守门；二班去东侧山丘准备放暗炮；三班看住两

个小崽子，随时准备用他们把头头哈尔换回！"

真该死！咱俩被反绑着锁在仓库，小活宝被卸去了高能电池，他们还要打暗炮，怎么才能和爸爸他们里应外合呀？逗逗急得直跺脚。

正急着，门被撞开。两个大汉冲进来，一个抓住闯闯，一个抓住逗逗，把他俩直往外推搡。跌跌撞撞经过黑乎乎的长廊，又七拐八转来到一僻静处。出乎意料的是，两个大汉默不作声地为逗逗、闯闯松了绑，又将他俩推进一间十分简陋的石屋，并把门反锁了。

呀，小活宝正直直地毫无声息地躺在地上。她的身旁七零八落地放着高能电池、人造心脏……

逗逗扑到她身上，伤心地呜呜痛哭。

"嗨！姑娘，现在没时间痛哭！快把她救活，我俩帮你们逃出虎口！菩萨保佑！"

孩子们这才看清，是"印度两兄弟"在帮助他们。对，赶紧救活小活宝！趁"雪鸥号"没靠到岸，战斗没开始，把"东山坡有暗炮"的情报尽快传出去。可是怎么把人造心脏安进小活宝的胸膛呢？

"喂，兄弟，你懂点医，留下帮帮他们，我去门外看动静！"大汉中的哥哥吩咐弟弟。

现在，是闯闯大显身手的时刻了。他突然变得十分精明能干，把亨亨外公平日教给他修电脑和修"小天使号"的本领全都用上了。恰好，旁边有只海盗打算拆卸小活宝五脏六腑的工具箱。这些坏蛋正忙着拆卸机器人时，听到了"雪鸥号"的笛声，匆匆跑出去接受黑脸猴命令了。

"请问——心脏靠左还是靠右？"

"靠左，喏，这儿！我用手电给你照着，小伙子，快些！"印度人说。

"嗯，这心脏好比是一块精密的集成电路板，我只要把它仔细地装接到合适位置就行。好，这儿，连着肺！那儿，接着人造动脉……逗逗姐，拿起子！印度叔叔，这样对吗？嗯，幸亏她的生物芯片大脑没被动过，要不然，凭我这技术，回天无门……"闯闯瞪大眼，十分用心地装接着。果然，不大一会儿，小活宝忽闪着睫毛，睁开了大眼！闯闯和逗逗惊喜得差点儿晕过去。

他们来不及高兴，就请印度大汉再把逗逗闯闯假绑着，带到大门口的碉堡上，掩护变小的小活宝溜出大门去报信。

小活宝刚溜出大门，就听到"雪鸥号"再次鸣笛。眼看船很快就要靠岸。如果叔叔们沿东路靠近海盗窝，不到南大门，半路就会遭暗炮袭击。她实在太小，跑到岸边至少要两小时！无奈，她只好跳到一只向海边飞去的蝙蝠身上。当蝙蝠飞到岸边，她又轻轻一跳，刚好跌到从船舷扶梯上走下岸来的大胡子叔叔的肩膀上！他的后边紧跟着带路的猫头鹰惊叫道：

"谁？"

"嘘——我是小活宝！叔叔们，千万别沿东路走，山丘上有暗炮！"小活宝慌忙地说，还向大胡子叔叔和查教授等人报告了具体情况。

"那边有个暗门，走，我带你们从那儿进！"猫头鹰自告奋勇。看

来，他真的"立地成佛"了！

为了迷惑海盗，大胡子队长带领一名队员，先奔向东边隐蔽处，连放了数枪。炮楼连续发出一串炮弹，然后，从南边碉堡上又传来一阵险恶的笑声。

"喂，'雪鸥号'的小子们，损失不小吧？哈哈哈哈！"黑暗中，黑脸猴洋洋得意地吼着，他用手提扩音机命令，"听着，十分钟内，你们务必把哈尔交还给我们！否则，这两个娃娃可就没命啦！"

"海盗们听着，你们放暗炮算什么本事？放下屠刀，立地成佛！赶快投降，才是正路！"一位解救队员已靠近南边石门附近，用手提扩音机与瘦脸猴周旋，并给印度两兄弟传暗号。

逗逗、闯闯和印度两兄弟听到"放下屠刀、立地成佛"的暗号，明白小活宝情报送到，心中暗暗高兴。可是，救援人员如何进来呢？正焦急时，那时印度兄弟中的弟弟，忽然想起什么似地，冲哥哥挤挤眼，便悄然离开碉堡，直向北边奔去。

小活宝见机行事，为分散黑脸猴的注意，突然对准大胡子队长的手提扩音机喊道：

"黑脸猴，我是 C 星机器人小活宝！哼！你自作聪明，卸了我的高能电池和心脏，却不知，我自有办法复活！现在，我已站在碉堡外，你还不赶快投降？"

这一招果然灵，黑脸猴用探照灯照射着，仔细一瞧，小活宝正叉腰立在一个人的肩上，他不由地浑身不寒而栗，——哎唷，怎么又让她活了，还变小了，还跑了？可黑脸猴这家伙恶性难改，他一把拽过逗逗挡在身前，一边冷不防对准小活宝连放数枪……

谁知，小活宝并没有倒下。敏捷的大胡子队长一把抱下小活宝，把她交给了别人，为掩护小活宝，大胡子队长倒在了血泊中。他躺在地下想举枪反击，但逗逗的惊叫声，使他冷静下来。宁可牺牲自己，也不能伤害孩子们一根汗毛啊！

正当黑脸猴再次举枪，对准吓呆了的小活宝时，闯闯从后一头猛向黑脸猴腰部撞去。黑脸猴被激怒了，他用肘部卡住逗逗，返身刚要向闯闯下毒手，"缴枪不杀——"的一片呐喊声，使他怔住了。还没等他明白是怎么回事，一群"从天而降"的解救队员已冲上碉堡，把他掀翻在地牢牢地擒住了。黑脸猴软瘫如泥，他当然想不到是印度兄弟打开了北门，猫头鹰带人冲上来的。

在印度两兄弟带领下，海盗们被迫放下了武器，乖乖儿举手投降了。

"大胡子叔叔——"小活宝扑向解救队长。她伤心痛哭，虽无眼泪，却痛彻肺腑。

船医和查教授等赶来了。这时，天色已微微透亮，在担架上，大胡子队长冲小活宝轻轻一笑，低声说："嗨，小姑娘，叫我一声阿爸，好吗？"

"阿爸——"小活宝扑在大胡子队长耳边，深情地呼唤。

抬起头时，小活宝见到"阿爸"的头上、前额上的血，已淌进他那毛茸茸的络腮胡，几乎把宽厚的嘴唇都凝成了一道。

"你一定要活着——我要阿爸！"小活宝凄切地喊道，跳到担架上，紧紧搂着她的阿爸。

此情此景，感动得逗逗、闯闯也呜呜失声痛哭。但愿大胡子叔叔能被救活，小活宝多么需要一个爸爸啊！

月下育儿美人鱼　有情有义穷渔夫

今天，亨亨博士家热闹非凡。

"欢迎小英雄们凯旋而归"的横幅标语，醒目地挂在老博士家客厅的大门上方。

逗逗、闯闯搂紧老爷爷的脖子，一次又一次地亲吻。最后，亨亨博士抱住小活宝，喃喃地说："噢，可爱的小活宝，在拯救'雪鸥号'的行动中，你立了头一功！"并把她介绍给自己刚从女儿家回来的老伴。

"不不，没有逗逗、闯闯和阿勇，我什么也干不了！还有，查教授、我阿爸，他们都很机智勇敢，我从他们身上学到了很多很多……"

"什么什么？小活宝有阿爸了？"亨亨博士气鼓鼓地瞪圆眼，"小姑娘，你可是我精心设计，花费了我毕生的积蓄和心血，才送交机器人公司制造出来的啊！要知道，爷爷的心里有多么爱你啊！"说着，博士爷爷居然老泪纵横了。

"爷爷，爷爷，您永远是我的好爷爷！"小活宝用她胖乎乎的小手，手忙脚乱地为亨亨博士擦眼泪，一面语无伦次地解释，"可是，我也要阿爸！那个大胡子阿爸可好哩，他特勇敢，是他救了我。他虽然不是您的儿子，可他和您的儿子查教授一样出色……"

正说着，大胡子队长捧着一大束红红的鲜花迈进客厅。他容光焕

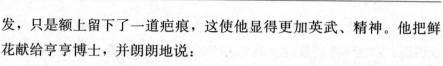

发，只是额上留下了一道疤痕，这使他显得更加英武、精神。他把鲜花献给亨亨博士，并朗朗地说：

"博士先生，请接受我做您的另一个儿子！这样的话，我不会失去可爱的女儿，您和老伴也不会失去可爱的孙女儿！"

"对嘛！我还有了个好兄弟呢！"查教授趁机成全大胡子队长的愿望。

亨亨博士早已知道了有关大胡子队长勇救小活宝的故事。现在亲眼见到这位年轻人，立即被他的豪爽性格所感染，不由地高兴起来。

"哼，看来，你们都是串通好的！既然如此，咳，我就认下你这个满脸大胡子的儿子吧！免得孙女儿为难！"说着，他一手揽过新儿子，一手搂过小活宝，呵呵地笑了。

小活宝觉得幸福极了。

这一天，她尽情地笑，尽情地玩，尽情地和闯闯逗逗撒欢嬉戏。阿爸为她买来一大堆好看的衣裙鞋帽和图书，亨亨爷爷和奶奶把她的小床整理得特别松软舒适，还为她换上了崭新的高能机器人电池。

明天，逗逗和闯闯要上学去，阿爸要去执行新任务。小活宝该收收心，把前一阵在大海里的所见所闻，从自己的大脑输进亨亨爷爷的那架大电脑了……

一个星期之后，小活宝完成了她的任务。亨亨博士问她要什么礼物，作为前一阶段出色表现的奖励。她笑嘻嘻地说："给我讲个美丽的故事好吗？亨亨爷爷，逗逗姐和闯闯哥都说，您讲故事特别好听！可我从没听您讲过！"

"嗯，那好吧——

很久很久以前啊，有个渔夫，撑着他的木船出海去打渔。他没钱娶媳妇，打渔挣回的钱，全都用来奉养自己那位双目失明、病快快的老母亲了。这天夜晚，皓月当空，繁星灿灿，一望无垠的海面上波光粼粼。渔夫轻轻哼起了家乡小曲儿。不知是被美丽的夜色还是被渔夫动人的歌声所吸引？远远的海面上竟浮出一位妇人的身影。她时而轻伏海面、露出一条长长的、银光闪闪的鱼尾，时而直立海面，摇摆她那婀娜多姿的上躯。啊，这不是传说中'鱼尾人身'的海上美人鱼吗？孤寂的渔夫便用歌唱向她倾诉自己的苦恼和见到她的欢乐。美人鱼呢，则用翩翩的舞姿报答他。从此以后，每当月满潮涨之时，人们便常常可以见到渔夫和美人鱼在海面上遥相对歌、轻舞。再后来，人们甚至在朦胧的月光下，看到美人鱼居然怀抱一个婴儿，不时地直立于海面，静静地用她隆起的乳房，为她的小宝宝哺乳。

这事儿传到渔霸的耳中，他叫来渔夫，说他伤风败俗，胆敢和海

上的女神不清不白。责令他两天之内，要把附近一带海面的海草除尽，因为海草挡住了海霸的船队出海捕鱼。否则的话，渔夫和他的老母亲，将被赶出他们的草屋和渔村。

乡亲们都为渔夫捏了一把汗。可是渔夫淡然一笑，又出海捕鱼去了。两天之后，奇迹出现了：不仅渔霸所占海域的杂乱海草全被清除干净，附近其他海域的海草，也都无影无踪了。

从此，渔夫和他的老母亲又过上平静清苦的日子，直到他娶了一位勤劳的渔村姑娘为妻之后，仍经常带着妻子，在朗朗月光下去拜访那位神奇的美人鱼……"

小活宝听得如痴如醉，十分认真地追问亨亨爷爷："大海上果真有美人鱼吗？她真的是人身鱼尾？她真的会直立海面，为她的小宝宝哺乳吗？我在大海上那么多天，怎么从没见过美人鱼？"

亨亨博士笑而不答，只指指他的那块记事板，上面这写着："下周携小活宝去 X 海域，考察海上'美人鱼'——研究清除水道杂草课题。"

哎唷，这可是个美差！小活宝心里乐滋滋的，还有点儿急不可耐！

水下森林探海藻　美人却是丑儒艮

　　小活宝欢乐地驾驶着整修一新的"小天使号"和亲爱的亨亨爷爷一道，在碧波中驰骋。金黄色的太阳暖融融地照在蔚蓝色的海面，几只白色的海鸥，不时地在"小天使号"上翩翩飞旋。他们爷俩一会儿在近岸处欣赏千姿百态的小鱼，采撷光怪陆离的浮游生物做标本；一会儿在离岸较远的海区，抛锚提取水样，检测水温和盐度。直到太阳没精打采，在西边昏昏欲坠时，亨亨博士才让小活宝把船开到一个海草茂密的海域。这片海域比较温暖，又靠近一个小岛，是各种水草滋生的好地方。

　　"你瞧，孩子，水草堵塞了这儿的交通，大船无法顺利通行，只有像咱们这样的小船，才能勉强靠近这座鱼美人岛礁！"

　　上岛之后，小活宝有点失望。这么个巴掌大的小岛，其实是一块光秃秃的礁石。和"鱼美人"的雅号一点也不相称。离皓月当空还早着呢，不如潜下海去，仔细瞧瞧这些海草是如何在水中安营扎寨的？

　　"嗯，好主意！"亨亨博士说，"不过要快些回来。耽误了观察美人鱼的好时机，你可别后悔！"

　　"是！博士爷爷！"小活宝两脚一并，行了个礼，晃了晃她那两根小辫儿，三蹦两跳，"扑通"一声跳下海去，深吸一口气，钻进了海底。

这下可真大开了眼界：哈！这儿是一座巨大的海底森林公园！茂密的绿藻、褐藻、红藻，分别生长在几米、十几米和几十米深的水层中，郁郁葱葱，蔚为大观。它们有的用假根附着在海底岩石上，有的漂漂荡荡，过着自由自在的漂游生活。有些海域，还长着海龟草、鳗草。特别令人惊奇的是，在稍远一些的水深 100 多米处，小活宝还见到一大片海藻用它们的假根固定在海底，连成一垛墙似地直向海面表层升出，成了天然的海藻森林的防护墙。

小活宝知道，海藻含碘量高，对人类有较大的营养价值。有的海藻能治病、制药、当工业原料。它们同时又是养育着小鱼、小虾、贝类的"海洋牧场"，便不由地通过对讲器说：

"亨亨爷爷，这儿是个聚宝盆！是一片茂密的海藻王国！可壮观呢！"

"咳，我早知道啦，孩子！"水中传来亨亨博士嗡声嗡气的声音，"海藻的确有价值！可是，它们有时也会给人们带来麻烦，就如这一带海域，船只常会被海藻拖住。海藻甚至会把螺旋桨缠住，使船上的机器无法开动——噢，月儿升上天了，你该回岛啰！"

浮到海面之后，小活宝见到月儿已朦朦胧胧地挂在灰蓝色的天幕上。接着，几颗星星跳了出来，再过一会儿，天幕变黑，月儿变得金黄灿灿。小活宝朝亨亨爷爷身畔挤了挤，轻轻问：

"美人鱼真的会出来吗？她会不会带着她的小宝宝？哎哎，我有点等不及啦！"

"嘘——，你向东南方向瞧！"亨亨爷爷小声说。

啊，真的，轻轻摇晃的波浪中，冒出了一个身影：她时而匍匐水面，时而直立，抱起她的婴儿哺乳；有时，她又斜转身子，让她的小宝宝含住她的乳头，在波浪中缓缓游动。多么动人的一幅海中慈母育儿图哟！月色轻抚着她们的身影，显得格外动人心弦。

"亨亨爷爷，我感动得直想落泪！可惜，我是机器人，没有眼泪！"

小活宝颤声说，"让我游过去和她们玩一会儿，行吗？"

"噢，孩子，如果我告诉你，其实大海中并不存在美人鱼，它只是相貌很丑的一种海兽，你不会很失望吧？当然，它们温顺可爱，是水中的'割草机'……"

不可能不可能！犟头犟脑的小活宝直摇头，在获得允许后，她悄悄下了海，小心翼翼向"美人鱼"游去。她想象中的美人鱼，一定十分美丽！她希望她能和自己交朋友——还有她的小宝宝！

哎唷！靠近一看，"美人鱼"果然丑陋不堪：灰色的粗皮肤上，盖着稀疏的短毛；前肢如桨，后肢短秃；新月状的扁平尾，向上翘起的厚嘴唇；圆溜溜的脑袋上，长着一对无神的小眼，鼻孔却又长到头顶上！小活宝对这家伙又失望又好奇，围着它仔细观察。谁知，突然又冒出一个更丑、更庞大的怪物。它除了和"美人鱼"一样难看之外，嘴里还多出一对大獠牙！嗯，它准是出来保护它的"美人"和小崽的！小活宝冲它们撇撇嘴，大失所望地回到小岛。

"明白了吧，传说中的美人鱼其实是海洋动物，叫儒艮，由于是胎生，小海兽出水换气，常要妈妈帮助，而且经常一边吸乳，一边跟随妈妈游动。所以远远望去有如慈母育儿，由此它得到了美人鱼的雅号！"亨亨爷爷说着哈哈大笑起来。

小活宝有点生气，怪亨亨爷爷怎么把她带到这儿，让她的美梦化为泡影？亨亨爷爷却乐呵呵地直说："太好了！太好了！在鱼美人小岛见到了'美人鱼'说明这一带确实有儒艮。"他还说，要设法引诱更多的儒艮到这儿来——因为这些海兽属海牛目，能有规律的一片又一片地吃掉滋生的水草，为船只开道，是不花钱的"水中割草机"！

小活宝恍然大悟：原来亨亨爷爷所讲的那个故事中的渔夫，是请儒艮为他'割'水草的啊！这位渔夫真是太聪明！可是眼前这片海域的海藻、水草实在面积太大，怎么才能招引来更多的儒艮呢？

"音乐美餐"除海草　虎鲸分食大蓝鲸

"亨亨爷爷，今晚真没劲！"小活宝噘起嘴撒娇说，"美人鱼变成了丑八怪！咱们还是早点回家吧——我想念那张软软的小床了！"

亨亨博士抬头看了看天，月亮不知何时躲到厚厚的云层中去了，天色突然有点儿发红。再看看原先闪着清光浮在海面的水母，也悄悄沉入了海底。海藻轻轻地、浮躁不安地在水中起伏——不好，要起风！暂时不能冒冒失失地启航，这一带水草多，风浪会使它们紧紧缠住"小天使号"！

"小活宝，咱们暂时不能回家，快把船上的帐篷拿来，先在这儿避风吧——"

"现在不是风平浪静的吗？好爷爷，咱们走吧！或许没等大风来临，'小天使号'就开出海藻区了！"小活宝执拗地请求，"我的耳朵能听大风来临前的次声波，别担心，还早着呢！"

亨亨爷爷一时犹豫，显得有些失去原则。现在，居然认为这机器人小姑娘说得也有理，就依了她，登上了"小天使号"。

起初还算顺利，"小天使号"左钻右拱，眼见快到开阔海面。谁知就在这时，骤然刮起大风，水面上的海藻姿意旋转摇摆跳跃起来，不一大会儿，小船就被缠住了，而且不停地随风晃荡。

"我错了，哇——"小活宝失声痛哭！

亨亨博士没吭声。他细细地检查船上的部件，发现船底部的海水分离器坏了，而且，通讯设备也很快失灵了。

"最糟的是海水分离器没法分解海水了！咱们这条船的液氢全靠它把海水中的氢和氧分解开，然后再提取氢气液化。"亨亨博士嘟嘟囔囔地说，"也怪我，怎么就听一个小孩子的话？嗯，你别忙哭，让我们一道想想法子！"

焦急万分时，小活宝看见那"三位"曾令她气恼失望的儒艮，仍浮在不远处的水草丛中避风。她想起自己曾用次声波与小海豚阿勇对话，便试着用多种频率的次声波吸引儒艮。但是它们无动于衷。学逗逗姐用口琴吸引它们如何？反正逗逗姐的口琴还留在"小天使号"上呢！于是，小活宝索性登上不太宽阔的甲板，"呀呀"吹起了琴。

风声把动听的琴声传到那三只海兽身旁。首先，小儒艮游了过来，它听着琴声，如痴如醉。风浪渐小，聆听琴声使它胃口大开，狼吞虎咽地吃起海藻。接着，它的爸爸、妈妈也扭动庞大的身躯游过来参加"音乐美餐"会。小活宝把口琴交给亨亨爷爷继续吹，自己拨出魔棍，指着鼻尖念念有词说"秘语"，把自己变大后跳下海去，在船尾使劲儿推呀推……小船终于顺着儒艮"开辟"出的一片通道，脱离了险境。天已蒙蒙亮，小活宝感激万分地朝儒艮们挥挥手，喊道："谢谢啦！你们虽然很丑，但很可爱！"

"小天使号"失去了动力，失去了通讯能力，只好随波逐流。幸好船上的淡水和食品充足，亨亨爷爷总算不会挨饿。他们相信，在这一带海域往返的船只一定会发现并搭救他们！他们漂呀漂，用讲故事、唱歌的方式打发时间，用轮流休息的方式来观察海上的动静。有时，远处驶过一艘大船，他们就拼命喊叫，挥舞手中的红绸布，可是"小天使号"在苍茫大海中实在是太渺小了，大船总是无动于衷地扬长而去。一天一夜过去了，亨亨爷爷又累又急，病倒了。这时的小活宝，比任何时候都感到大海的空旷寂寞！感到自己是如此的无知任性！她

为当初硬要冒着风浪离开鱼美人岛而后悔不迭，更为亨亨爷爷毫不责怪她而感动、而羞愧。她竭尽全力照料老博士，喂饭、端水、掖被，还不时上甲板瞭望。

两天后的一个中午，阳光格外灿烂。小活宝在望远镜中见到一头硕大的蓝鲸被一群海兽包围。那些海兽背黑腹白，两眼后边有两个卵型大白斑。它们咧开大嘴，露出锋利的牙齿，有的背部还伸出近两米高的三角形背鳍，正轮番向那只海洋中最大的动物进攻。不多一会儿，那头看似威武庞大的蓝鲸就吓晕了头，笨拙地左躲右闪，但还是没能幸免于难。刹那间，它的头被紧紧咬住了，紧接着，它的下巴又被另一个进攻者咬住了……"啊——多么凶残的海兽！"小活宝不由自主尖叫起来。亨亨博士听到叫声，挣扎着来到甲板，举起他的望远镜，细细观察。

"虎鲸——这里生性最残暴而又贪食的海上暴徒！"亨亨博士忘了病痛，说，"它们最爱吃鲸类的唇舌！"

果然，有的虎鲸紧紧咬住了这头倒霉的蓝鲸的胸鳍和尾部，另一头虎鲸窜上前，死死咬住了它的下巴，并顶住它的鼻孔不让它出水呼吸。可怜的大蓝鲸由于呼吸困难，不得不把它的舌头吐出口外。顿时，贪婪的虎鲸马上咬住它的舌和唇。接着，这群"海上暴徒"便一拥而上，争着分享"美餐"。一片殷殷红血，把湛蓝的海面染得惨不忍睹。

"可恶！可恨！虎鲸太残暴，就像海霸岛上的海盗！我真想惩罚他们！"小活宝跺着脚喊叫。

"不好！它们中有一小群分享不到美餐的家伙，好像发现了咱们的'小天使'。快，孩子，进船舱！"亨亨博士说着，在小活宝的搀扶下匆匆躲进驾驶舱。通过小船前方宽大的特制玻璃窗，他们清楚地看到：一小群虎鲸猖狂地吼叫着，直朝"小天使号"冲来。也许刚刚参与了攻击蓝鲸的战斗，它们个个杀气腾腾，发出的声响十分可怕。不大一会儿，它们就把小白船团团围住，虎视眈眈地密切注视着着亨亨博士

和小活宝。其中一个背长三角鳍的家伙，首先向前舱撞来，直把小船弄得东倒西歪，情况万分险急。

"开灯！"亨亨爷爷沉着命令。

蓦地，船头、船尾的灯亮了。这一招还算灵，虎鲸暂时向后退去。可是，强烈的阳光很快把灯光比了下去，虎鲸的包围圈又在缩小。

"打开录放机，大声放音乐！"亨亨博士出了第二招，"放抒情的！"

响亮的慢节奏的音乐声，真的缓和了虎鲸的情绪，它们开始缓缓地围绕着小船，犹豫不定地转悠。

"注意那些长三角背鳍的，它们是攻击力很强的雄鲸！"

亨亨博士的声音刚落，一头决不罢休的雄鲸，又开始向小船靠拢。啊啊，如果小船翻倒，如果舷窗裂开，我们随时会成为虎鲸的美餐。怎么办？怎么办？小活宝心急如焚。

"爷爷，我下海去把它们引开吧！请告诉逗逗姐和闯闯，还有阿爸

和查教授，我爱他们……我是您设计和制造的，我觉得自己和您的亲孙女一样！我不愿让您被虎鲸吞食掉……"

"别，孩子——我们应该同患难共生死！"

可是小活宝已快步走出船舱，毫不迟疑地跳进大海。她敏捷地和虎鲸们周旋，把它们渐渐引离"小天使号"。那头雄鲸仍对"小天使号"恋恋不舍，但又想追击小活宝，一时对它的队伍"指挥"乱了阵。恰在此时，传来一阵船只的马达声。远远地，有艘船儿直向虎鲸扑来。虎鲸见势不妙，纷纷舍弃"小天使号"和小活宝，四处逃窜。

怪呀！这群天不怕地不怕的海上恶魔，怎么会对那艘不算庞大的舰船显得惊恐万状？

"轰——"随着一声巨响，舰船飞出一根长长的带钩的缆绳，不偏不倚，钩住了雄鲸的尾部……

小活宝惊魂未定，就听到亨亨爷爷在"小天使号"的甲板上大喊："回来吧，我的好孩子！我们获救啦！捕鲸船来啰！"

小活宝抬头望去，灰色的捕鲸舰上，屹立着一个熟悉的身影，在向她亲切招手……

召唤儒艮仿鲸叫　拳斗剑鱼救船舰

　　原来，亨亨爷爷和小活宝两天没回家，查教授向父亲问安的电话老打不通，便驾车去家中看看。谁知道他们去考察儒艮了！那记事板上分明写着呢！鱼美人岛离家不远，怎么两天还没回来？啊，前天傍晚那一带海域有风浪，会不会出事？

　　查教授立即驾小船去鱼美人岛，不见亨亨博士和小活宝，十分焦虑。他分析，一定是小船出了故障，顺风漂流到了开阔洋面，随时可能遇到近来常常出没的虎鲸。他马上与救险队联系。大胡子队长一听，得知自己的"干爹"和宝贝女儿出事了，毫不犹豫地驾驶捕鲸船，出海寻找"小天使号"的踪迹。

　　"阿爸——"小活宝一头扎进大胡子队长的怀抱，呜呜啼哭。她已从心坎里认可了父亲。

　　"噢，宝贝，别哭！来，爸爸替你擦泪！"大胡子队长托起她的下巴，戏谑地说，"哎唷，我的宝贝女儿原来在干嚎，并不伤心嘛！"

　　小活宝噗嗤一笑："忘了吗？我是机器人小姑娘！从不流泪！"

　　"唉！这是我的疏忽，孩子！我知道，作为一个小女孩，该流泪时没有泪，多么难受哟！"亨亨爷爷歉疚地说。他在心中暗暗发誓，一定要在小活宝满十岁时，为她补上"会流泪"这个程序！

　　查教授请人把"小天使号"吊上捕鲸舰，又把亨亨博士安排到船上医务室精心护理。捕鲸舰很自豪地拖着那头恶魔似的雄虎鲸，悠悠地返航。

"阿爸，您经常驾驶捕鲸船吗？它和您的救险工作有多大关系？你是为了我才这样做的吧？把虎鲸带回去干什么？"

像一般孩子一样，在大人面前，小活宝总是没完没了问"为什么？"

大胡子队长站在驾驶台前，十分耐心地告诉女儿：救险队会遇到多种情况，有时需要打捞沉落海底的船只和种种重要的东西以及鱼雷、炸弹等。"海上暴徒"虎鲸经过训练，就会成为出色的人类助手。所以他们的捕鲸船不仅可以驱散虎鲸、为遇险船只解围，有时还可捕捉一些虎鲸，回去进行打捞海底沉物的训练。有趣的是，虎鲸追捕其他海洋动物时发出的可怕叫声，可以录下音，用来驱逐灰鲸、海狮、海豹。因为这些海兽常常撕破鱼网，捕食大量的鱼类和乌贼，人们投炸弹也不能驱散它们，反而使它们更加猖狂蛮横！但是，只要听到虎鲸追杀捕食时可怕的"叫声"，那些疯狂攻击鱼类撕毁渔网的家伙，就会惊惶失措，四处逃窜。喏，这头雄虎鲸，我们就要送它去专门的训练机构。那儿有许多它的同类，已能参加打捞工作和管理人工养殖的鱼群！

"太妙啦！"小活宝突然拍拍后脑勺，蹦跳着欢叫，"我马上去告诉亨亨爷爷！集中'美人鱼'割水草的事儿，有门儿啦！"

大胡子队长感到莫名其妙时，小活宝已甩着她的那两根翘翘的小辫儿，一溜烟跑进了医务室，气喘吁吁地对正在打吊瓶的亨亨博士欢叫！

"爷爷爷爷，咱们用虎鲸追捕鱼儿和海兽时发出的声音，把'美人鱼'撵进海草区！然后，用渔网围住那片海区，让'美人鱼'把水草全部清理掉！"

亨亨爷爷双眼一亮，蓦地坐起，连说好主意，好主意！"晤，虽然，有许多技术方面的细节要考虑，但这个思路不错！啊哈，小活宝，你可真是我的活宝小孙女哟！"

查教授、大胡子阿爸来到病房，见亨亨博士精神焕发，小活宝兴

致勃勃，一老一小正在讨论用虎鲸撵儒艮去"割"水草的事，不由地哈哈大笑，一道热烈地参加了"研讨会"！

小活宝觉得十分自豪，自己小小年纪，竟和这些大人专家们一道讨论问题，嗯，真够神气的哩！

大家谈得十分欢乐融洽。突然，捕鲸船猛地晃动起来。小活宝随阿爸和查教授奔上甲板，一幅惊心动魄的场面，令人不知所措——有条形状如同鱼雷，上颌长出一根锐利"长剑"的大鱼，见到"海上恶霸"已束手就擒，趁机毫不客气地向它发起进攻。那头虎鲸大惊失色，拼命反抗，左躲右闪，无奈尾部有铁钩钩住，无法施展本领。捕鲸船被这两个"激战犹酣"的海上恶魔搅得震颤不已。

"快发炮！剑鱼猖狂时会刺破船壳！"查教授对大胡子队长喊叫。

"好！我立刻去驾驶台！"

虎鲸的拼死反抗激怒了大剑鱼，它暴躁地迁怒于捕鲸船，竟不顾一切，直朝船首猛冲过来。发炮已来不及，怎么办？小活宝情急之下，纵身一跃，以迅雷不及掩耳之势，跳下船去，不偏不倚，正好骑到剑鱼的脑袋上。她一拳砸去，剑鱼的右眼瞎了，再一挥左拳，剑鱼的左眼几乎也看不见了。剑鱼受到突如其来的打击，更加暴跳如雷。大海被它激起一簇又一簇的水花，捕鲸船却安然无恙地脱离了危险！

"小活宝，孩子，快离开剑鱼回来！"

小活宝听到阿爸通过扬声器叫喊。可是来不及了，懵得慌了神的剑鱼，不敢再恋战。"呼噜"一下子潜进了海底。小活宝返身紧紧抓住了它的第一背鳍。不能放手，绝不能！只要一放手，剑鱼随时会将她摔出去，然后用它的长剑般的上颌把她刺穿。

剑鱼在水中不知潜游了多久，才浮到水面。捕鲸船呢？怎么连个影子也没了？小活宝这才惊慌起来。

"阿爸——亨亨爷爷——查叔叔——你们在哪？"小活宝带着哭腔大声呼唤……

丢失话机夜徘徊　鹦鹉螺壳说天文

　　狡猾的剑鱼故意与小活宝作对，它三番五次地潜水遨游，又三番五次地窜到海面急驰。它的眼虽然受到打击，但身体依然灵敏，也许这时它的嗅觉更好。要设法离开这疯狂的家伙！怎么离开？变小！对，变小之后，目标小了，剑鱼不会找到她，它不会想到对手会瞬间变小！于是，小活宝拔出魔棍，指着自己的鼻尖念念有词。当她越变越小时，剑鱼觉察到背上的对手似乎正在捣鬼，气恼之下，使劲儿扭动它那几百千克重的身躯，狠狠地在海中翻了个滚。机敏的小活宝乘机撒手，沉向黑黝黝的海底。

　　老天有眼！一群鲔鱼匆匆游过，这是剑鱼最最馋涎的美餐。剑鱼终于顾不上小活宝，猛一转身去追捕鲔鱼了……小活宝长长地嘘了口气。

　　沉落到海底的小活宝，渐渐安下心来。这儿的海底离海面，好象距离不太远。黄澄澄的阳光透过海水，柔和地抚慰着她，软软的泥沙使她感到很舒服。一向迷恋水下世界的小活宝真想在这儿美美地玩半天！但是捕鲸船上的人们一定正在为她担心，她必须向他们报告情况，让他们来接她回船。

　　"小活宝报告，亨亨博士……喂，喂……"

　　呀，怎么啦？脖子上的对讲机呢？什么时候丢的？啊，一定是剑

鱼打滚时,她在海中翻腾辗转,不小心把对讲机丢了!这怎么行,失去联系,就很难回到捕鲸船上去了。小活宝心急火燎地急速游上游下,东寻西找,对讲机仍然无影无踪!她伤心极了,又不敢贸然乱窜再招来剑鱼。天色昏暗,寒意袭来,她在海中似乎成了无家可归的小小浮游生物。大海现在显得太大太静,沉重的孤独感笼罩了小活宝的心。

回海底去吧!那里好像安全些。可是这一夜住到哪儿是好?总不能成为无家可归的小流浪儿吧?

真是天无绝人之路,静静的、黑乎乎的海水中,突然有一团美丽的莹莹红光在召唤小活宝。一只美丽的螺壳!想起以往曾在寄居蟹舒适的螺壳中美美地睡过一觉,小活宝顿时来了情绪。她游过去,拨开泥沙仔细地打量:噢,这可不像一般的海螺壳!它那灰白色的衬底上,缀着橙红的、浅褐色的花纹,十分雅致美观。小活宝摁亮自己眉心的照明灯,悄悄儿钻进螺壳。更奇妙的是,壳内有许多小房屋,只有最后一间稍大些,可以让她伸胳臂伸腿地安然睡下。嗯!总算有间卧室可以安身了!至于明天——明天再想办法吧。太累了!先睡觉要紧——咦?小屋的壁上怎么还有一条条清晰的环纹?一条,两条,三条……总共有三十条线纹,恰好一个月,是月亮绕地球一圈的日数,真有趣!她迷迷糊糊地睡了,暂时忘了一切烦恼。

一觉醒来,小活宝隐隐听到海水中传来一个大男孩的声音:

"妈,这儿有几只鹦鹉螺哩!您瞧这鹦鹉螺,它的壳里怎么有这么多的小房间,而且壳里还有美丽的花纹!"

"喏,鹦鹉螺成长时,壳里的小屋就一间间增加,最后那间是它的卧室,其余的全是气室。鹦鹉螺抽出小屋里的海水,充入空气,通过调节小屋里的水份多少,使自己能在海中随意沉浮!"

噢,那甜甜、柔柔的声音,一定是男孩的妈妈!"嗬,太好啦,我得救了,我得爬出去求救!不过,我先得恢复正常人大小,否则,他们不会发现我!"小活宝想着,拔出魔棍刚要念"秘语",一想不对不对，在这螺壳里变大，准会把这么漂亮的小房屋胀裂，多可惜。正在犹豫，又听到那位妈妈说：

"喜喜，咱们这次下海收获不小。拣到几只'海底天文学家'！"

"鹦鹉螺是海底天文学家？"那男孩和小活宝几乎同时好奇地问。不过小活宝太小，又躲在螺壳中，没人会听见她的发问。

"可不是吗？它壁上的环纹，是生长线。30 条线代表每月 30 天。可是，有些埋在地下的鹦鹉螺化石，壁内只有 22 条生长线——它说明，距今 6950 万年前，月亮绕地球一周，只有 22 天！也就是说，月亮离地球越来越远呢……"那位妈妈的声音，使小活宝很亲切。

"哎——这儿还有一只海底天文学家！"小男孩的声音靠近了，小活宝感到自己的"小屋"被摇摇晃晃地握住了。现在，那男孩的手显得特别大，好像一片大芭蕉叶子。

"喂——救救我——"小活宝探出脑袋，睁圆两眼，"我是小活宝！"

"呀——鹦鹉螺里有妖怪！妈妈……"男孩惊慌地大喊，但没有撒手。

"胡说，我来看看——是什么海洋生物吧？"那位妈妈戴着潜水头盔游过来。

"啊——"她尖叫着，"快放了它，喜喜！"

小活宝怔住了。难道我真的这么可怕？她连忙爬出螺壳，跳到水中，尽快使自己变大。等她想向那母子俩讲明情况时，他们早已跑得无影无踪了。小活宝气得直跺脚，把海水蹬得"噗噗"直响……

怎么办？先向上向前游去，也许，还会遇到人的！那男孩和他妈妈的出现，说明这儿可能离岸并不遥远！

倒行逆施蝴蝶鱼　敲贝引来噬人鲨

　　游啊游，小活宝游到一片珊瑚礁间。她的眼前豁然呈现出一片五彩缤纷的美景：许许多多色彩各异的蝴蝶鱼，悠然自得地穿梭来往于美丽的珊瑚礁中。其中有些鱼，小活宝在亨亨爷爷的玻璃大鱼缸中见过。喏，那长着深黄、浅黄色背鳍，鳞甲闪烁着淡绿色光纹的小鱼儿，是丝蝴蝶鱼；那戴一顶黑帽，扭动着淡蓝色下巴，身着杏黄上衣，尾部开一把透明"伞"的，叫长吻蝴蝶鱼！新月蝴蝶鱼的打扮更是绮丽多彩，圆圆的桔黄色的身体，活像一只只小圆月亮，背上那一道弯曲的镶着白边的条纹，又酷似一弯新月。它们有的背上还长出长长的刺，让打算吞吃它们的大鱼望而生畏，有的长着尖尖的嘴，随时可以寻觅到躲在岩缝里的小小甲壳动物。

　　见到这么漂亮的水下美景，小活宝一时忘却了所有的烦恼，兴高采烈地在水中和小蝴蝶鱼追逐嬉戏。

　　有条浑身金光闪闪，活泼可爱的蝴蝶鱼，摇头摆尾十分诱人地从小活宝眼前游过，还淘气地在她面前翩翩起舞，仿佛在有意逗她玩耍。

　　"嗨，等着瞧！我一定要捉住你，把你带回去，放进亨亨爷爷的养鱼缸，和他的那些热带鱼作伴儿，怎么样？"

　　说着，小活宝直朝那条美丽的小蝴蝶鱼追去。那条狡猾的小鱼，瞪着黑黑的眼，不慌不忙地逃着。快到一块珊瑚礁边，小活宝伸手一

扑，眼看小鱼马上就束手就擒了。正高兴时，却发现小鱼早已钻进一个小洞穴，毫不畏惧地冲着小活宝摇尾晃脑。"哇！我上当啦！"小活宝笑了。仔细再瞧，那蝴蝶鱼近尾部的地方有个镶白边的大圆点，黑黑的，乍一看，像是一只圆睁着的大眼睛。刚才小活宝竟把它的尾部当头部，去追逐进攻，眼睁睁看它逃之夭夭了！

唉！我真是个粗心的小姑娘，怎么平时在亨亨爷爷家就没注意到，蝴蝶鱼其实都是用尾部倒着游泳呢！它们尾部的"眼睛"，原来是伪装！嗯，这又是鱼类的一种防敌花招！小活宝想着，不觉对海洋世界中各类生物的生存本领，更加佩服赞叹！

和蝴蝶鱼嬉闹追逐了一阵之后，小活宝才想到，该浮上海面，去寻找船只或什么人了。令她十分开心的是，上浮过程中，在一些海底小山丘和珊瑚礁缝隙捡到了不少五光十色的小贝壳。她把它们放在胸前的衣袋里，不紧不慢地浮到了水面上。唉，海水浩渺，无边无涯，除了几座由海底露出来的小珊瑚礁外，见不到海岸，见不到船，更见不到人。小活宝有点气馁，在心中轻轻地呼唤着亨亨爷爷、阿爸、查教授，思念着逗逗姐、闯闯和小海豚阿勇。无聊寂寞使她不断地叹息，她只好无奈地爬上一座珊瑚礁，掏出美丽的贝壳一一欣赏。那些形状、花纹各异的贝壳，多多少少给了她一些安慰。为了消磨时光，她捧起贝壳"笃笃嗒嗒"地敲打玩耍。在宁静的环境中，那声音显得挺动人。为了把另外几枚贝壳的泥沙洗干净，小活宝又跳入水中，在礁边认真地洗涤。贝壳在水中发出的撞击声，显得更加悦耳好听。小活宝使劲儿在水中敲击那些贝壳，想用这种方式驱走寂寞。敲得正起劲儿，忽然发觉身后有动静。回头一看，啊哟！两条龇牙咧嘴的大鲨鱼，已虎视眈眈地游近她。它们不停地在她身后兜圈子，窥视她的一举一动，等待进攻时机。赶紧爬上礁去？不行不行，只要一转身，它们就会冲过来，咬住她的腿！大声呼救？不行不行，那样会刺激它们，加速它们的进攻，况且，四周根本没人救她！像上一次遇到鲨鱼那样，躲到水母的保护伞中？唉，现在到哪去找水母？而且，自己已来不及变小，怎么钻得进水母的保护伞？眼睁睁看着两条鲨鱼绕圈儿游得越来越快，昂起了头、弓起了背，天哪！这回可真要没命啦！据说，这种姿势，是鲨鱼进攻的信号！

"救命……"小活宝闭上眼，不顾一切地喊叫，身子不由自主地簌簌发抖。

小活宝眼前乌黑一片，还嗅到一股腐烂的臭味。完了，完了！我准是被吞进了恶鲨的肚皮内。又黑又臭，真恶心啊！永别了，亨亨爷爷、阿爸、逗逗姐、闯闯！——咦？怎么会听到有人在笑？难道鲨鱼肚子里还有个活人？

睁开眼睛，鲨鱼早无踪影，海水中弥漫着一团团乌贼用以防身的

"墨汁"，还有一个十二三岁的男孩站在岛礁上冲她笑。那不正是在海底和他妈妈一道寻找鹦鹉螺的男孩吗？

"是你救了我？谢谢！"小活宝的声音还颤颤的。海水中的"墨汁"已散开，她看清了那男孩，比她高出一头，瘦瘦的却很精神。

"咳，你是谁家小妹妹？真够大胆的，独自一人来这儿玩！"男孩看到她手中还捏着贝壳说，"怪不得鲨鱼要进攻你！你一定是玩贝壳发出了撞击声。这种声音，活像金枪鱼在水中吃食物时发出的声音！"

"噢——鲨鱼爱吃金枪鱼，所以游了过来！"小活宝心有余悸，慌忙爬上岛礁，"哗啦"一下，把贝壳全扔了，又结结巴巴问，"小哥哥，你……你是怎么救我的？"

"喏——驱鲨剂，醋酸和黑色颜料制成的，"那位小哥哥挥挥手中的喷水瓶，"鲨鱼害怕乌贼释放的'黑烟幕'，又怕鱼类的腐臭味，这不，驱鲨剂就是针对它们这个特点制成的！"

小哥哥说着说着，忽然一步步后退，嘀咕道：

"喂——你到底是谁？怎么和我在一只鹦鹉螺见到的小人儿一模一样？"他转身就喊，"妈妈！快来，那小人儿，那小人……"

那位妈妈从这座海龟状的小岛另一端奔了过来，一见小活宝，也愣了。十分漂亮而又端庄的妈妈很快沉静下来，和蔼地问：

"小姑娘，你到底是谁？你昨晚在螺壳里过夜的吗？你怎么会如此神出鬼没地来到这儿，变小，又变大？"

小活宝抽抽嗒嗒地哭了——当然，还是没眼泪。她一五一十，向那位阿姨报告了自己的身份和遭遇。

"噢！你是亨亨博士家的机器人小姑娘呀！"阿姨甜甜地笑了，"我是亨亨博士的学生，海洋学家彭海芬！来来，快跟我们进帐篷！"

岛礁的南端下坡处，支着一个红蓝相间的旅游帐篷。小活宝破涕为笑，忘乎所以地欢叫："太棒啦！""谢谢阿姨，谢谢哥哥！"什么鲨鱼呀、剑鱼呀，一古脑儿全抛到了九霄云外……

喜听鱼歌数家珍　轻拖蛇尾渡海波

　　彭阿姨在帐篷中，用她的袖珍手机和亨亨博士取得了联系。亨亨博士喜出望外，说马上让小活宝的阿爸去接她。他们一直在找她，正在为她失踪而担心呢！可是彭阿姨却提出了一个"苛刻"要求。她对亨亨博士说：

　　"老师，别忘了，这小姑娘是我儿子喜喜发现并救出来的！他是海洋科技宫的业余研究员，这几天，为了写一篇关于海洋生物发声问题的论文，和我一道来南方海域的大陆架，进行考察。我们都很喜爱这位聪明机灵的小姑娘。您把她'借'给我们一星期吧！啊？求您了。我们需要她的配合！"

　　"你呀！还是老样子，想干什么，都誓不罢休！"亨亨博士说，"那么，征求一下孩子的意见吧！看看她是否愿意？"

　　"愿意！"小活宝凑近话机说，"只是不放心爷爷。您的伤好了吗？"

　　"快好啦！我已经住在医院里，逗逗、闯闯、我儿子查教授和你阿爸都常来看我，你放心吧！你一定要向彭阿姨和喜喜哥多学点知识哦，十天以后，我们大家都等你回来过你的一周岁生日！到时咱爷孙俩再好好聊聊！"

　　"呀，这么大个子，才一岁？多丢人那！"小活宝不好意思地恳求，"喂，爷爷，算十岁，行吗？算是十周岁生日吧！"

　　"嗯——好吧。虽然你来到世上才一年，但你做了许许多多的有益的事，见识到许许多多世面。我们大家一定等你回来，过十岁生日！"

就这样，小活宝和彭阿姨、喜喜哥一道，愉快地进入一个新课题的探索。

"小活宝，人类会说话唱歌，鸟会鸣啭啼叫，你知道吗？鱼儿也会唱歌，甚至会演奏呢！"喜喜哥坐在礁石上，眼中流溢出智慧的光华，使小活宝很羡慕，还有点不服气。

"嗨，谁都知道，鱼儿都是哑巴！哪能唱歌？我和小海豚阿勇是好朋友，它最多能发出一些很低沉的声音！"

喜喜哥什么也没说，取出背包中的水下录放机，插上耳机，让小活宝听。呀，那些美妙动听的声音，使小活宝听得如痴如醉。

这是一种空旷辽远，忽高忽低的歌声，低沉时好像老翁的叹息，高昂时好像母亲的摇篮曲。声音不但悠长多变，而且有时独唱，有时二重唱、三重唱甚至小合唱。

"太妙啦！这是谁在海底歌唱?"小活宝摘下耳机问。

"这是座头鲸在百慕大海域的歌声！我妈妈在那里录到的。妈妈说，座头鲸每年春季由南向北游动时，总要经过百慕大海域。那时，那片海域便成了歌的海洋。歌声每年都变化，而且变化都有一定的规律。生活在不同海域的座头鲸虽然彼此不相识，但所唱的歌，无论是格调还是音律，却都完全一样！"

"真是碧海歌仙！"

"还有呢！你接着听！"

小活宝又套上耳机，这下可热闹啦：一会儿是"呜——汪汪"的狗叫；一会儿是"呼噜噜"的小猪叫；一会儿"哗啦啦"惊涛拍岸；一会儿又"咚咚咚"鼓声齐鸣；接着，"妙呜——妙呜"猫叫了。最后，好像有位老人在呻吟，还不时发出熟睡时打呼噜的鼾声……

"啊呀呀，这是什么交响乐啊？简直是乱七八糟的大杂烩！"小活宝摘下耳机直摇头，小辫儿甩起来像拨浪鼓。

喜喜哥也笑了，他告诉她："箱鲀鱼的声音像狗叫；印度有种鲹鱼会发出小猪声；惊涛拍岸的'哗啦'声是沙丁鱼发出的；'咚咚'的鼓响是鼓鱼的'杰作'；石首鱼的叫声像猫，鲂鮄鱼的声音像老人在呻吟、打鼾……"这些海底歌声，原来全是喜喜和他妈妈长期考察、录制、积累起来的！

"你真了不起，喜喜哥，我真佩服你了！"小活宝由衷地说。

"千万别恭维我。到目前为止，我对鱼儿为什么发声，怎样发声，人类如何利用这些海底仙歌等等一系列问题，还在探索。喂，你如果不想光听录音，我教给你一个简便的法子，可以直接听到水下仙歌。"

喜喜递给小活宝一根长长的空心竹竿儿，让她插进海水里，然后侧耳附在竹竿上端细细地听。哦，真的，水下传来一阵阵忽高忽低的喁喁声和哨声，这是什么鱼在歌唱呢？喜喜哥说，海底世界太神奇，有许多奥秘，不可能一时全弄明白，所以，我们要不停地探索！

"喂！孩子们！快过来，咱们去前边的巴掌岛瞧瞧。传说，古时候有位王子驾船来到这里，突然间神秘的失踪了——让我们去寻寻古踪，也许会发现什么。"

喜喜的妈妈向小活宝和她的儿子召呼着，还举手在唇边吹了个十分响亮的口哨。

前边那圆圆的巴掌岛，离眼下的小岛至少有两三千米远，小活宝有特殊的水陆两用肺，当然可以游过去，可是喜喜哥和她的妈妈要游过去，就不那么容易了！正当小活宝在心中犯嘀咕的时候，随着阵阵口哨声，海中游来一条弯弯扭扭的黑影，它游到彭阿姨跟前，十分驯服地让一根粗粗的缆绳，套了它的腰上。

"呀！海蛇！"小活宝惊恐地尖叫，"彭阿姨，小心！别被它咬了！"

彭阿姨毫不理会小活宝的警告，从礁石后拖出一个用树干扎成的木筏，拴在套海蛇的绳子上。那海蛇又粗又长又壮。

"阿姨……难道让海蛇拖……拖渡？"小活宝结结巴巴地问。

"对呀！遥远的非洲热带海区有的渔村，就是用海龟、大蟒、鳄鱼、水牛、海蛇来拖运货物和人的。我这是跟他们学的。这条海蛇，我已驯化它多年了！"

真是不可思议！小活宝和喜喜、彭阿姨一道登上了木筏。

"听说，海蛇的毒，比陆地上眼镜蛇的毒还要厉害十多倍。阿姨，你们不怕它？"

彭阿姨告诉小活宝，这条蛇的蛇毒已被提取出来，而且经过长期驯养，不会出事的。

可不是吗？瞧这条足有三米长，身子如圆筒似的大蛇，正拖着他们，稳稳当当地朝巴掌岛游去。浪花从木筏两侧跳起又落下，柳絮般的白云在蔚蓝的天空驰骋。小活宝的心在欢唱。呀，真是因祸得福呢！遇到这么好、这么有学识的阿姨和小哥哥！要是逗逗和闯闯知道了，不羡慕、不眼红才怪呢！

巴掌岛越来越近。那位古时候的王子，为什么要来这里？又怎么会突然失踪？小活宝急不可耐地想尽快找到答案……

寻找古船惊鳐虹　觅得古瓷闪异光

　　这是一座毫不起眼、没有什么特色的小岛。小活宝怎么也不明白，那位王子为什么要到这么一座荒僻的小岛上来？彭阿姨为什么会对这座小岛感兴趣？

　　可是不大一会儿，她就打消了疑虑，和彭阿姨、喜喜哥一道忙碌起来。他们一起潜入水中，四处侦察，想找到一些蛛丝马迹，能证明这儿的确发生过什么奇迹。

　　"知道吗？变幻莫测的南中国海，曾经是古代的海上丝绸之路！也许，那个传说有一定的道理！"彭阿姨在水中说，"我研究过，这座巴掌岛，恰好在古航道上，低潮时才露出水面。或许，这儿真有古船沉没在海底！"

　　真要是这样，寻找古船倒是一件很有意义的事！小活宝和喜喜浑身都来了劲儿。他们和彭阿姨一道扒开泥沙，还不时地用力蹬开海底的一块块顽石，有时还要小心避开大鱼的骚扰。几个小时过去，累得精疲力竭，别说古船影子也没见到，就连一小片古船上用的碎杂物也没发现。

　　喜喜和小活宝垂头丧气，随彭阿姨回到水面，瘫软地躺在小岛上。

　　"妈妈，寻找古船需要磁力仪、扫描声纳等设备。咱们是不是太傻气了？仅凭这两套海人服和一位机器人小姑娘，怎么可能找到沉睡多

年的古船？"喜喜两眼望着茫茫的天空，不满地嘟囔。他没注意到，这话有点刺伤小活宝。

"噢，我原先也没想到来寻找古船，只是前两天从一份旧资料上知道，巴掌岛有这么个传说。好奇心驱使我对小岛进行过一番研究。我总觉得，这个传说有道理。孩子，我们既然来了，为什么不搞清楚那个传说的秘密呢？"

虽说喜喜已是被科技宫破格录取的调研员，可他毕竟才 13 岁。他噘起嘴，认为妈妈可能突然财迷心窍了，想通过寻找古船发财！妈妈看透了喜喜的心思，没多说什么，只轻轻叹了口气，转脸对小活宝说：

"小活宝，阿姨告诉你，喜喜的爸爸去世早，我独自一人培养喜喜，的确需要花费不少的钱。但我觉得，有比金银钱财更可贵的东西：那就是一种为祖国作贡献的精神！以往，我国许多载满珍宝的沉船都被外国人打捞走了，我觉得很痛心！"

小活宝忽闪着晶亮的大眼睛，倾听彭阿姨的这番肺腑之言。她深受感动，觉得自己在长大——绝不是身体在膨大，而是思想感情在升华。

"阿姨！再让我下去一次吧？我有一副水陆两用肺，有一个装有生物芯片的大脑，有一双可闪光的灯眼，还有一根可以使我变大或变小的魔棍！我可以帮助你！"小活宝诚恳地拍拍胸口，神气十足。

彭阿姨把小活宝紧紧拥到自己的怀里。一股暖暖的温馨体温，使小活宝迷醉地眯上眼。

啊！母爱，这也许就是人间常说的、常常赞美的母爱吧？小活宝又想流泪，流不出，反倒甜甜的笑了。

小活宝整整衣装，束紧腰带，再次跳入海中。这次，她不再冒冒失失，走马观花，而是细细观察、分析。她不放过每一个可疑的迹象。大约在 40 米深处，一团长在小礁石上的珊瑚，拥着一只黑乎乎的类似藤箱的物体。小活宝立即摁亮眉心的红痣，两眼灼灼地打量这只奇特的物体，仔细地一个个扒去附在上面的小贝壳和泥沙。剥了一层又一层，忽然，一片莹莹蓝光跳进她的眼帘。这是什么？这不是和亨亨爷爷家的蓝花瓷盘同样的瓷器吗？在这么深的水下，怎么会有这样的东西？啊，彭阿姨讲得对，这儿一定有值得挖掘的珍贵东西！小活宝一阵欢喜，抓紧分分秒秒，想把瓷器和小藤箱从礁石上剥离出来。谁知正在全身心地投入工作时，一只张开巨大翅膀的"黑蝙蝠"冲她撞来。小活宝左躲右闪，心慌意乱："呀！这是什么黑妖魔？"

"听着，孩子，如果你遇到什么意外的话，立刻套上我坠下的绳索，我把你拉上来！"

水面传来彭阿姨的呼唤。她一定从骚动的水纹，看出水下有险情。

喜喜套上海人服，不顾一切地潜下海去搭救小活宝。

"哈哈哈哈！"见到在海中横冲直撞的黑妖魔，喜喜不但不"拔剑相助"，反而开怀大笑，笑声吹出一串串水泡，倒把妖魔吓跑了。

"你？"小活宝气急败坏地喊道，"你算什么小哥哥？见人有难处，不但不帮忙，反倒笑个没完？"

"那是一只大鳐鲼！不会攻击人！刚才它认为你进入了它的领地，表示不满而已！"喜喜问，"怎么样？有点收获吗？"

小活宝指指那只藤箱和露出来的一些蓝瓷器皿。喜喜顿时双目生辉，透过面罩，向小活宝含笑致意。并和小活宝一道，齐心协力剥离那只被珊瑚骨紧紧粘住的藤箱。

当两个孩子共同举起藤箱浮出水面，登上巴掌岛时，彭阿姨高兴得屏住呼吸，许久说不出话。她用刀割破藤条，取出一个小物件，清除掉碎片沙砾，擦去上面的附着物，眼前骤然光彩四溢：钻蓝的光泽、精巧的造型，绚丽夺目！

"中国明代的青花瓷盘！啊，你们两个人真是可爱的小天使！"彭阿姨轮番在喜喜和小活宝的脸蛋上、额上亲吻着，弄得喜喜满脸通红，怪不好意思。

这意味着什么？噢！彭阿姨的判断十分准确！巴掌岛附近的海底，肯定有沉没的中国古船。至于这条古船里是否真有什么王子，还有些什么珍贵的东西？仍旧是个谜！

"妈妈，快！快和亨亨博士联系，把这个好消息告诉他。他不是国家海洋考察局的顾问吗？他会想办法与有关部门联系的。也许还会派出打捞船来！"

"对对对，我阿爸就在救险打捞队！说不定他也能来！"小活宝极自豪地嚷道。

嗨，机器人怎么会有阿爸？喜喜哥惊诧的目光，使小活宝有点伤心。善解人意的彭阿姨叉开话头，十分和蔼地问：

"喂，小姑娘，你用我这手机快和亨亨爷爷联系吧！要知道，在海底找到古瓷器，你可是立了头一功啊！"

小活宝欣喜万分地与亨亨爷爷通了话，把在巴掌岛的奇遇告诉了爷爷。

"哦，真是太好啦，孩子！告诉你的彭阿姨，我马上和考察局联系，你们在巴掌岛先别走开，等我的回音！"

半小时后，亨亨博士告诉彭阿姨，海洋考察局已命令"雪鸥号"以及小活宝阿爸率领的救险打捞队，启航去巴掌岛。由于地图上查不到这座时隐时现的小岛，所以，要求他们在附近岛礁等候，待"雪鸥号"的直升飞机侦察时，用色彩艳丽的东西打信号呼应。

小活宝为又要接受新的任务和即将见到阿爸而欢欣鼓舞。

噢！但愿海底的古船能重见天日！但愿船上的古物财宝能为国家增辉！但愿王子的故事能知分晓！小活宝在心中祈祷。

"喂，快涨潮了！孩子们，让咱们乘海蛇拖渡的木排赶回驻地，等待明天的来临！"彭阿姨紧抱住湿漉漉的藤箱，召呼着、张罗着。

欣悟人生看日出　古船出水解迷雾

　　小活宝在旅行帐篷中早早就醒了。她悄悄儿离开彭阿姨，来到岛礁的高处。凉风习习，海水呈黛绿色。从南大洋到太平洋到南中国海，历经大海至今，她还从没有认真看过一次海上的日出。今天，她来了雅兴，一心一意想看看日出美景。

　　远远的海平线外，渐渐透出一片橙黄间金红色的光华，啊，太阳快要出来啦！

　　随着波光粼粼的海水摇晃，一弯红彤彤的光环由海中拱出。紧接着，半个、大半个艳丽的红球一下、又一下地跳出海面，活像一个玩捉迷藏的红脸娃娃，淘气地终于露出笑脸。而他的口中，却还含着大海赐予他的一大滴金黄色的"奶液"。一刹间，天空中弥漫出五光十色，大海映射着莹莹蓝光，天宇和大海都在欢迎红日的诞生！

　　多美，多壮观啊！感谢亨亨爷爷赋予我知觉和情感，使我能看到大海、太阳和世间万物。只要我能为人类多做一点事，我就无愧为一个受人欢迎的机器人小姑娘！

　　看了美丽的海上日出，小活宝更有信心了，她决心要让亨亨爷爷和阿爸为她骄傲！

　　太阳高高斜挂在东南方上空。此刻，小活宝十分熟悉的那架直升飞机，来到了小岛上空。彭阿姨让喜喜撑起她的红风衣，在海风中摇荡。直升飞机很快发现了他们，旋即返航，引导着银白色的"雪鸥号"

科学考察船来到小岛附近抛锚。

"阿爸!"小活宝激动地扑向大胡子队长的怀抱。

"唔,听说我闺女表现不算差,是吗?"阿爸一手搂住小活宝,一手伸向彭阿姨,"我叫周彬,奉命前来配合您打捞古船!"

"认识您很高兴。您的女儿何止表现不差,可以说很出色。喏,这些美丽的蓝花瓷器皿,就是她首先发现的!"

见阿爸和彭阿姨夸赞自己,小活宝不好意思地害了羞。令她更不好意思的是,直到今天,她才知道阿爸的名字叫周彬!唉唉!怎么以前连这么一件简单却重要的事都没搞清,就稀里糊涂当了人家的女儿?可见亨亨爷爷常批评自己粗心大意,真没错!

也许大人们都夸赞小活宝,忽略了科技宫的小少年喜喜,他冲小活宝直撇嘴。

周队长和彭阿姨配合得真不错,只花了一天多时间,他们就看到声纳探测仪清晰地描绘出一艘完整的中国古船图像。同时,磁力仪也收到了强烈的信号——正是在巴掌岛西侧几百米处。他们立即请"雪鸥号"投下一个浮标,标出沉船的位置。

小活宝自告奋勇再次下潜,为打捞工作打"前战"。

这回,小活宝胸有成竹,不再害怕鳐魟的示威。按照图像,她没费多大工夫,就找到了倾塌在海底泥沙中的木船,她还看到了很多很多碗、盆、碟、壶。这些精巧的瓷器上,描绘着秀丽的河流、小桥、牡丹、仙鹤等漂亮的图案。

"太美妙啦!这些中国古瓷器的风采,令人心旷神怡!"小活宝学着阿爸的口气,向海面上的人们报告,"这条木船同样妙不可言,船帮上还刻着多种花纹。哟——"忽然一声尖叫。

"怎么回事?孩子,你看到什么了?"这是阿爸传来的关切声。

"这儿有只罐……罐子!里边蜷伏着……几条黑乎乎的鳗鲡!我还以为是……毒蛇!"

阿爸笑了,嘱咐小活宝别怕,要设法把它们撵走,看看罐中有什

么？小活宝遵命照办了。

啊！黄金！一个接一个的金锭，整整齐齐码在罐底。小活宝挟起陶罐就向上浮。"雪鸥号"上的专家，船员都围拢过来，争着一睹重见天日的古财宝的风采。

但是，彭阿姨更关心那只陶罐，把它翻来复去地看不够。然后，她与船上的专家们仔细研究了打捞沉船的方案。傍晚，她在小活宝的耳畔悄声说："喂，王子和古船的故事快要有眉目了！"

彭阿姨真是善解人意。小活宝的心里，的确时时牵挂着那个谜一般的故事。

几天以后，一条两头弯弯上翘，船帮刻有花纹的古木船打捞出水了。人们把它搁在巴掌岛上，涨潮时远远望去，它好像正在碧波中摇摇摆摆地航行着。当然，和"雪鸥号"在一道，它显得有些相形见绌，但它那古色古香的韵味儿，却是无与伦比的！它更像一件精湛的古代

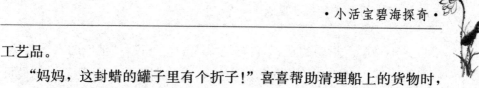

工艺品。

"妈妈，这封蜡的罐子里有个折子！"喜喜帮助清理船上的货物时，发现了红丝绸包着的纸折子，一放开，居然有十多米长，拆子上密密麻麻写满了清丽的蝇头小楷和数字。海水居然没把它浸湿！

"太棒了！这是一份货物清单——唔，还有一封信也在这罐子里！"彭阿姨顿时两眼流光溢彩，摸着儿子的脑袋，"喜喜，你的发现太重要啦！"

通过细细地阅读，迷雾终于拨开。彭阿姨娓娓地向小活宝、周队长、喜喜讲叙了王子和古船的动人故事：

明朝时期，有一位岛国的王子，到中国学习、游览，爱上了一位能书善画又善琴棋的中国姑娘。这位姑娘的父亲是朝廷官员，既有地位，也很富有。他深怕女儿嫁到一个小小的岛国，要吃苦受累。况且海路迢迢，女儿出嫁后，何年何月才能见面团聚？所以拒绝了这门亲事。谁知这对年轻人意志坚定，分别后依旧书来信往，一个非他不嫁，一个非她不娶。那位王子更是发奋努力，把从中国学到的文明和知识带回岛国，帮助他的父亲把国家治理得越来越好。岛国的国王受儿子委托，派了大臣乘帆船来中国求亲。船上装满香料、糖、珍珠、珊瑚等珍贵礼物。姑娘家父母被王子的诚意感动，答应了这门亲事，还准备了一艘木船，装满精美的瓷器、丝绸和茶叶等，作为回礼，通过海上丝绸之路，向那个岛国行驶。可叹的是，半途遇到可怕的风暴，木船在隐没的巴掌岛触礁……船沉了，把那么多的珍奇异宝，留在了海底！

彭阿姨把故事讲完后，谁都没出声。空气静谧得只能听到不知谁吐出的轻微叹息声。

"可是，那位王子在这条船上吗？"小活宝终于忍不住问，"也许，那位聪明美丽的姑娘随船遇难了？阿姨，是这样吗？"

小活宝带哭腔的声音，反倒惹得喜喜哈哈大笑。

"真是替古人担忧啊！说真的，不论王子还是姑娘是否随船遇难，

谁也弄不清了。重要的是，"喜喜用大人的口气说，"他们的真情实意，以及古时我国和海外的文化贸易交流，为我们后代人留下了一笔最可贵的精神财富！"

小活宝不太明白喜喜的话。她心里有点生气，觉得这位小哥哥对她挺傲慢。

"喜喜讲得对，孩子。"阿爸插话说，"根据船上零零散散的蛛丝马迹，彭阿姨把这个几百年前的故事基本搞清，就很不容易了！大海中的谜太多太多，悠悠岁月留给我们的谜也太多太多，只要我们珍惜今天，尽量努力去探索，不辜负现有的大好时光，就足够了。"

话虽这么说，在以后忙忙碌碌的几天里，小活宝总是牵挂着那位王子和姑娘，心里默默祈祷他们并没有遇难，而是快快乐乐相亲相爱地过了一辈子！

海底打捞出的沉物都已仔细地装入集装箱，古船也很快被涂上了防腐剂，拖挂在"雪鸥号"后边随时待命启航。周队长收到电报，国家海洋考察局决定分别给彭阿姨、喜喜、小活宝一笔可观的奖金。当然，凡是参加打捞工作的人员，也都有一份略少些的奖金。

热闹的庆祝会上，船员们在"雪鸥号"的会议室里载歌载舞。许多记者，纷纷乘直升飞机和快艇赶来进行采访，真是热闹非凡。

"请问彭海芬女士，你那笔奖金打算派什么用场！"有位精明的女记者问。

"在我的研究所，扩建一个海生物实验室！"彭阿姨坚定地说，"人类想回归大海，向海洋要空间、要能源，首先就要爱护大海，保护生态平衡，就要和海洋生物交朋友。对它们，我们还了解不够！"

"您呢？喜喜同学？"

"我要用这笔钱完成我的学业，研究我的海洋科技课题，并在我们学校建立一个小小海族馆！"他红着脸一笑，"当然，我还要为自己留些钱买电脑和最好的山地自行车！"他那副时而像大人，时而像孩子的神情，惹得大家不时轻轻发笑。

"请问这位大眼睛小姑娘，您的尊姓大名？"

"小活宝！"

"这……"女记者十分意外，许多不明真相的专家和潜水员、记者们也面面相觑：快十岁模样的小女孩，难道不知道自己的姓名？

小活宝听到喜喜窃窃的笑声，窘迫得不知所措。啊呀，我说错了什么？头一次在众多人面前答记者提问，就出差错，多丢人啊！

"她叫周海宝，我的女儿！"大胡子队长沉静地插话，"孩子，别慌，别怕，好好回答阿姨提问！"

小活宝万分感谢地瞥一眼阿爸，心里顿觉暖洋洋的。这是一位多么好的阿爸啊！

"那么周海宝，你打算怎么支配国家奖给你的那笔钱？"

"我？嗯——大部分交给亨亨博士，继续他的研究，请他出许许多多有关海洋的书、图片、电影、电视和海洋科幻故事，那是深受千千万万个孩子欢迎的！"

人们热烈地为小活宝鼓掌。她感动极了，直想流泪，可是鼻子酸，心里热，却怎么也流不出一滴泪。突然，她挺直身，挥挥手，十分难过地说：

"叔叔们，阿姨们！我……我还要请求亨亨爷爷，用我的部分奖金，去为我制造一对泪腺，让我也能和你们大家一样……伤心的时候和感动的时候，能流出泪来……"

场上一时静得出奇。彭阿姨悄悄走过去，抱起小活宝，举起她的小手，哽咽着说：

"大家看见吗？她没有指纹，没有眼泪——是一位机器人小姑娘！但她聪明、勇敢、可爱，在这次打捞古船和以往的海洋考察中，屡立奇功！"

场上更热烈地响起潮涌般的掌声。女记者偷偷儿在抹泪。

飞鱼叼劫小红帽　"巨人"怒惩喜喜哥

　　"雪鸥号"拖带古船满载归航的途中，船上不时发出一阵阵欢声笑语。人们庆贺古船打捞工作顺利圆满，庆贺那些价值连城的古瓷器和黄金重见天日，为国家增添了财富。尤其是机器人小姑娘，成了大家关注的中心。她的聪慧和她所讲述的海上趣闻，她那活泼淘气的神情，甚至她一个无意间流露的小举动，常常会逗引得大家开怀大笑。

　　争强好胜的喜喜不知不觉产生出一种被冷落、被疏忽的感觉，心里不是滋味。嘁！不就一个机器人毛丫头吗，有啥了不起？想当初，我考上海洋科技宫，邻居们、妈妈的同事们，都称我是小神童！你小活宝那天见到鲨鱼就哆哆嗦嗦没了主张，哼，要不是我喜喜救了你，如今你还能这么神气活现吗？

　　说曹操，曹操到。小活宝蹦蹦跳跳来到甲板，一迭声叫着："喜喜哥，喜喜哥，快到左舷去看看，几位叔叔正撒网捕鱼，说是一来制标本，二来要美餐一顿呢！"

　　喜喜随小活宝来到左舷，见尼龙网中已有银光闪闪的各色的鱼儿，船员们正用绞车往上收网，便故意在众人面前向小活宝发难：

　　"喂，请问小姐，这些鱼的味道真的很鲜、很嫩、很香？"

　　"那当然，尤其金枪鱼，可鲜呢！"

　　"你吃过？"

"没有！"

"那你怎么知道它鲜美？哈哈！你其实根本不吃东西！"

小活宝气得张口结舌，逗引得大伙儿又一阵哈哈大笑。这笑声原来没恶意，可是小活宝却很生气，喜喜却很解气。

偏偏在就在这当儿，一条又一条飞鱼从碧波中腾起，在阳光下逍遥欢乐地滑翔一阵后，又落进波涛。它们追逐着"雪鸥号"，不断展开翅膀般的胸鳍，快乐地"飞"一阵、游一阵。

"喂，小活宝，信不信由你，我还能叫飞鱼抢走你那顶小红帽！"喜喜大大咧咧地说着，哗众取宠地环顾叔叔阿姨们。

"哼，你别太欺侮人！"小活宝气呼呼地问，"我怎么得罪你啦？你总找我的茬。这顶红帽是你妈送我的，你眼馋了是不是？还编谎话骗人，飞鱼怎么会抢人的帽子？"

"因为你是机器人小姑娘呀！飞鱼专抢你的帽子！"喜喜毫不示弱，还不时瞟一眼腾空跃起的飞鱼，故意不停地挥挥手。

说来也怪，恰恰在这时，小活宝头顶上"呼"一阵风刮过，"嗖"地一声，一条约 30 厘米长的飞鱼呼啸掠过。小活宝举手一摸脑袋，啊呀，那顶她十分喜爱的小红帽，真的被飞鱼叼起劫走了！

"该死的坏家伙，还我小红帽！"

可是飞鱼叼着红帽在碧空中一直滑翔了差不多 200 米远，才把红帽投入大海！

"你！都是你干的好事！"小活宝愤怒地瞪起双眼，"都是你搞鬼让飞鱼抢走我的帽子！我要惩罚你！让你知道我的厉害！"

她拔出小魔棍，口中嘀嘀咕咕一阵，人就迅速地膨胀起来。当她晃着庞大的身躯向喜喜走来时，喜喜惊得目瞪口呆。这会儿，轮到这个男孩结结巴巴了。

"你……你想干什么……"喜喜战战兢兢地问。

"请你下海，捡回我心爱的小红帽！"小活宝不容分辩地举起喜喜，

就像举起一个小玩偶。

"小红帽是……是飞鱼叼……叼走的，和我没……没关系！"

小活宝哪里听得进？喜喜几天来对她的傲慢、欺侮，使她忍无可忍，她一步步举着喜喜走向船边。

"救命！——妈妈！"

可是彭阿姨正在她的实验室里，根本不知道甲板上发生的事。人们被小活宝突如其来的举动吓昏了头，不知如何是好，有的大声喝令她住手，有的过来堵住她前进的脚步，只有那位聪明的女记者，飞快地把周队长请了来。

"把喜喜放下，孩子！"

小活宝听到阿爸的声音，才略为冷静。可两臂仍执拗地举着喜喜。

"听着，我的围巾，你彭阿姨的帽子，还有其他人的手帕、晾着的衣物，都曾遇到过飞鱼的抢劫！飞鱼叼走这些东西，是因为它们喜欢汗腥及人体的气味。喜喜只是知道它们的特点，在逗你！小红帽彭阿姨戴过，当然也沾着她的体味……"

小活宝放下喜喜，惭愧得如泄了气的皮球，低下了脑袋。她怯怯地说："对不起，喜喜！"

"我也有错，妒忌你，才惹你生气，请原谅，小活……不不，周海宝！"

满脸严峻的阿爸却没有原谅小活宝。他不依不饶，与亨亨爷爷联系后，决定让她在自己的船舱中关两天"禁闭"，好好反思自己的过错。

彭阿姨来讲情，被阿爸拒绝了。他的理由是不能因为小活宝是机器人，就原谅她原则性的过错。她不该运用人类赋予她的特殊能力，去泄私愤。她应该不断进步，分清是非，为人类做有益的事——她应该像一般孩子那样健康成长，才配得上是我的女儿！

听了这番话，小活宝又惭愧又感动。她觉得的确不能原谅自己，

主动走进住舱，关起门，"闭门思过"。

　　亨亨爷爷、逗逗、闯闯、查教授和阿爸、彭阿姨和喜喜，与她患难与共，海上相扶相助的情景，一幕又一幕地展现在她眼前。她后悔自己只能听好话，不能受半点委屈，甚至做出过火的事。唉，真要是把喜喜哥扔下海，自己当然会再下海救起他，但是那样多伤感情啊！更何况，飞鱼抢红帽的事，根本是自己无知，却冤枉了人家。小活宝哟小活宝，你实在太差劲，阿爸讲的没错，作为机器人，应该不断进步，才不辜负人们的期望啊……小活宝来到这个世界快一年了，才第一次这么认真的反省自己。她一字一句，写出了"我的检讨"，才得到了阿爸的原谅。

喜喜也受到了妈妈的批评。妈妈说，自高自大瞧不起别人和自卑妒忌，都是人生道路上前进的障碍，"你的潜意识里，瞧不起小活宝。后来，又妒忌人家。其实呢，不论是人，还是机器人，衡量他好坏的标准，都是一样的：那就是，他是否是一个有益于社会，有益于人类进步的人！"

喜喜不愧为少年科技宫的优秀生，他主动到周队长和小活宝那儿赔了不是，作了检查。小活宝和喜喜，和好如初，使彭阿姨和周队长，都感到欣慰。彭阿姨答应，以后再送一顶更好看的小红帽给小活宝。

水映斜阳，晚霞艳红。小活宝倚在船栏边眺望着、幻想着：她过生日那一天，一定要戴上小红帽，点上十支小蜡烛，在逗逗、闯闯和喜喜一片"祝你生日快乐"的歌声中，在亨亨爷爷、彭阿姨和阿爸的祝福声中，切开那块厚厚的生日蛋糕。当然，她根本不吃蛋糕，但她要让大家分享她的快乐。然后，她就痛痛快快地哭，让眼泪流呀流，流成小溪，流成河……要知道，那是一种欢乐，一种感动，一种挚爱的泪水啊！

电鳐放电止病痛　小鱼妙嘴治皮炎

彭阿姨总是忙忙碌碌。奇怪的是，她越忙，唇角越是挂满笑意。由于工作关系，她和小活宝的阿爸接触渐渐多起来。

"雪鸥号"胜利返航靠岸的日子越近，阿爸也更忙。整理打捞的沉物的清单呀、写打捞古船的情况报告呀、联系登岸后的交接工作呀等等。幸好有小活宝帮忙和对他生活的照料，他才有可能不时地消闲喘口气。只是由于多年的海上漂泊，他的腰腿疼的毛病常犯。可他总是默默地忍耐着，从不向别人诉苦。

"彭阿姨，我阿爸这两天腰腿疼得厉害，吃药打针也不大见效，真愁人！"小活宝现在有事总爱找彭阿姨商量。

"是风湿病吗？"阿姨问。

"阿爸说是，长年累月在海上工作得的。"

"那好，我来试着给他治治——小活宝，你先别告诉他，我自有办法！"

嘻，这么神秘？小活宝跟在彭阿姨身后，见她一会儿请船员放网捕鱼；一会儿又请周队长上甲板，说是想替他照几张相；一会儿又在喜喜耳边交待些什么，弄得小活宝如坠雾海。

阿爸走上甲板，用手不时地轻捏自己的腰腿，他看见一网鲜鱼刚吊上船。在活蹦乱跳的各色鱼中，彭海芬用木棒专门挑拨出两条圆扇

似的鳐鱼。

"周伯伯，和我一道合个影好吗?"喜喜说，"就在鱼网边!"他亲切地挽起伯伯的胳臂。

"噢，对啦，请脱了拖鞋，撸起裤管，嗯，这样才别有风度! ——预备，"彭阿姨朝喜喜眨眨眼，对准镜头说，"好，照!"

"哎唷——"周队长惊叫几声，跳了几跳，差点摔倒，却被喜喜挽牢扶稳了。

小活宝看得明明白白，阿爸大大咧咧光脚照相，喜喜轻轻一拉，阿爸的脚就踩到一条鳐鱼身上去了。可他为什么又喊又跳呢?

"不对不对，我怎么触电了? 腿麻得难受!"周队长有点生气，"你们几个搞的什么鬼? 恶作剧吗?"

"别急，周队长，"彭阿姨放下相机，走去扶住他问，"你的腿疼，觉得好些吗?"

是啊，麻过一阵之后，腿和腰的疼痛倒是真减轻了。

"周伯伯，那鱼是电鳐，妈妈特意请人打捞来给您治风湿的。怕您不信，所以冒犯了，对不起!"喜喜诚恳地说。

小活宝走近细细打量，那貌不惊人的电鳐正软软地伏在甲板上，哪像个能治病的医生呀?

彭阿姨这才不紧不慢说，电鳐是软骨鱼。它的两个胸鳍内侧，各有一个肌肉放电器，放电器中有肌肉纤维组成的六角形管儿，里边有起电解质作用的胶状物。管内还分成许多小格格，每格里有电极。神经末梢连负极，相反一面是正极。当电鳐遇到敌害，就放电防御，当它捕食时，就放电击昏小鱼，美餐一顿。受电鳐启发，19 世纪的意大利物理学家伏打，发明了能储存电的伏打电池!

"嗨，照这么说，我今天不是电鳐的天敌，就是电鳐的美餐啰?"周队长呵呵地笑了。

"全不是，您是电鳐的病号!"小活宝亲切地挽住阿爸。

　　喜喜连说："对对对，电鳐放电后，休息片刻，还会放电，请周伯伯准备接受第二次电疗！"

　　当周队长听彭海芬说，古代希腊人、罗马人，早就用电鳐治病，至今地中海沿岸、法国、意大利沿海地区，仍有一些风湿病患者，在使用这种古老的电击疗法时，就十分愉快、主动地接受彭阿姨的美意了。

　　"你呀你，小活宝，准是你出卖了我腰腿疼的情报，才让你彭阿姨这么操劳、费心！"

　　周队长的话逗得小活宝嘻嘻直笑，可不知为什么，彭阿姨却无缘无故红了脸……

　　彭阿姨会治病的消息不胫而走，船上许多人有个头疼脑热、小毛病，都来找她。她哭笑不得，一一谢绝，请船上医生替她解围。谁知那位上了年纪的船医很有趣，坚持请彭阿姨想想法子，治治他多年不愈的皮肤病。彭阿姨含笑摇头。小活宝为了替彭阿姨"排忧解难"，让她腾出时间，仍干本行业务，竟大包大揽说："医生伯伯，我试试吧！"

　　小活宝得到允许，从"雪鸥号"上"嗵"地跳下海。她在海底寻寻觅觅，终于找到一群正在为大鱼治病的小鱼儿。那些小鱼正不厌其烦地在为生病的大鱼舔伤口、清除寄生物，在大鱼的嘴里、鳃里出出进进，俨然一副"小大夫"模样。

　　"喂，对不起，请你们跟我出一次诊，怎么样？"小活宝打开携带的水筒，把那些"小大夫"连同海水一道装了进去，赶紧浮上水面，登上喜喜放下的软梯。

　　"哎，我说活宝小妹妹，你可别瞎说大话，丢人现眼啊！"喜喜诚诚恳恳帮小活宝提水筒。

　　"治不好也不至于治坏呗！"小活宝冲喜喜哥挤挤眼，"你就把心放在肚里吧！"

　　到了船上医务室，小活宝一本正经地将带小鱼的海水倒入水盆，

请医生伯伯把长了癣的双腿泡进水桶。

真是有意思！那些色彩艳丽的小鱼儿，纷纷涌向医生的病腿，伸出厚厚的嘴唇，极其负责地舔呀、剔呀，把那长满皮炎的地方，很快清理干净。

"唔，太舒服啦！"医生眯着眼，满意地称赞，"小活宝，你真神！"

"我才不神呢，全是这些小鱼儿的功劳。您别急，这几天，我天天为您下海请小医生。几个疗程下来，你的皮肤也许能好！"

小活宝心中暗暗高兴：受彭阿姨启发用海生物治病，看来还真有效！

几天后，船上的叔叔、阿姨纷纷当趣闻相告："彭海芬用电鳐治好了周队长的风湿疼，机器人小姑娘用小鱼儿治好了船医的皮肤病！"

彭阿姨听后半信半疑，去医务室一看，乐了！原来小活宝真聪明，请来了"海洋外科大夫"隆头鱼，果然为医生治好了病。可见她平时在海中多么用心观察，多么会分析思考！真是个惹人喜爱的小机器人！

喜喜对小活宝从此刮目相看，不再对她傲慢无礼，反而更加爱护支持。

阿爸也格外喜欢，把宝贝女儿当做掌上明珠。只是表面上还很严肃，真的很像一位令人敬慕的"严父"，不时地从各方面对小活宝进行管教。

小活宝心里喜滋滋的，充满了温暖。

海市蜃楼如仙境　童心无瑕说配偶

　　海面风平浪静。"雪鸥号"还有两天就可以到达交接打捞物品的港口城市了。据说，那是一个十分繁华的地方。小活宝近一年来，都在亨亨爷爷清静的海边家中和茫茫大海中奔波，如今要去一个繁华的港口城市，心中十分激动。她在甲板散步，想象着亨亨爷爷亲自到港口去迎接她时的情景，突然，她抬头望见，天上云海茫茫，从薄雾中涌出朵朵五色彩云，云间缓缓出现一幢幢摩天高楼；若隐若现的大道上，车辆奔驰，人影绰绰。大楼旁又是另一番景象：葱笼的花草树木依稀可辨，奇石叠翠，小道蜿蜒曲折，伸向一座小山，山下湖光水色，小船儿在内轻轻荡漾，有座巍峨的千年古塔立在山巅……

　　多么奇妙的天上美景啊！小活宝一再揉揉两眼，深恐自己出现幻觉，但云海中的幻景，仍在空中展现。

　　"阿爸，天上有大厦！彭阿姨，天上有花园！"小活宝一边跑、一边喊，"喜喜哥，快来看哪！天上有古塔！"

　　正是下午一点多钟，大家午睡的时候，小活宝一惊一乍的欢叫，惊醒了所有人，大家懵头懵脑，全都涌上甲板。

　　所有的人都鸦雀无声。可不是吗？小活宝说的是真话！天上呈现着高楼、花园、古塔，那儿美丽而又壮观，那么如梦如幻！

　　那位记者阿姨把随身带着的摄像机打开，静静地记录下这奇特的

幻景。

"知道吗？这是海市蜃楼！"彭阿姨靠近小活宝，轻声说。

"我真不明白，我还当成真是传说中的天上仙境，在人间重现呢！"小活宝也同样小声说着，似乎声音一大，幻景就会被吓跑消失。

"它是大气中一种特殊的光折射和反射现象！"彭阿姨小声地讲解，"有时，贴近地面的空气，由于阳光照射，温度升高很快，空气密度变小了；而上层空气仍然较冷，空气密度也大。这时，从远方物体投射过来的光线，因穿过不同密度的空气，就会产生折射，出现'下现蜃楼'。相反，如果在冷一些的海面或极地冰雪地区，由于底层空气密度很大，上层空气密度小——"

"这种下密上疏的空气，就会产生现在咱们见到的'上现蜃楼'！彭阿姨，对吗？"小活宝因为明白了海市蜃楼的原理，舒心地笑了。

据彭阿姨讲，有时空气层密度分布复杂，还会出现更复杂的海市蜃楼景象。例如，在意大利与西西里岛之间的麦西那海峡和日本富山湾，偶尔可以看到更奇异复杂的幻景，正的、倒挂的、放大的、缩小的、还有变形的，各种景象混杂在一起！

小活宝发现，其实，不止她一个人在聆听彭阿姨的讲解，船上所有的人都在一边看幻景，一边侧耳细听。有的记者，还偷偷摄下她俩人对话的镜头。噢，彭阿姨真是博学多才而又美丽和蔼！小活宝打心眼里羡慕她！

一小时后，幻景消失，但它却永驻小活宝的心头。她感叹世界实在又大又美妙！

看完海市蜃楼，喜喜邀请小活宝到他的住舱去看一样好东西。什么好东西哇？这么神神秘秘的。

"你看，这些天我开夜车，把有关鱼儿发声的论文写完了，请你帮我看看，提提意见！"喜喜说，"我抽空仔仔细细阅读了许多资料，又反复研究了我和妈妈在水下摄录的图像和声音，才写出这篇论文。"

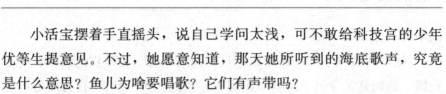

　　小活宝摆着手直摇头，说自己学问太浅，可不敢给科技宫的少年优等生提意见。不过，她愿意知道，那天她所听到的海底歌声，究竟是什么意思？鱼儿为啥要唱歌？它们有声带吗？

　　听了喜喜哥的论文，小活宝才知道，鱼儿发声有不同目的：有的是为了在浩渺的水乡寻觅配偶；有的是孤单悲哀，不由得哀声叹气；有的是因为受到了惊吓，失声叫喊；也有的是找到了食物，向伙伴们发信号；还有的是遇到敌害，向同类发出警报。它们没有咽喉、气管和肺，主要是通过坚硬的器官相互磨擦，或由器官喷出空气发声的。不同的鱼类，发声器官不同，所以声音也不相同！

　　小活宝听得津津有味，禁不住热烈地鼓掌。

　　"不过，我不懂，什么叫配偶，配偶是什么意思？"小活宝突然睁

圆眼问。

"嘿，连这也不懂！比方说，过去我的爸爸十分喜欢我妈，就娶了我妈，我妈就是我爸的配偶，以后呢，我妈就有了我！"喜喜耐心解释着，不知道妈妈和周伯伯已在门口。

"那——我阿爸还没配偶，"小活宝全神贯注，也没见到门口那两位大人。她极其认真地说，"等有空，我就让阿爸也学鱼儿叫，让他也叫出个配偶来。那样，我不也有妈了？对吧？喜喜哥！"

没想到这么个聪明的小姑娘，说出这么幼稚糊涂的话来，彭阿姨捧腹哈哈大笑。

小活宝和喜喜吓了一跳，只见不苟言笑的阿爸，竟也前俯后仰地笑个没完。

小活宝撇撇嘴，耸耸肩，又莫名其妙地晃晃脑袋，小辫儿甩得飞快。

生物工程创奇迹　海狮妈妈护宝宝

　　小活宝这几天心情特别激动。她常常登上船尾，去看那条古色古香的大船。由于被涂上了防腐剂，古船周身闪着古铜色亮光。为了这条古船，她第一次得到了奖金！她有时跑到船头，眼巴巴地希望早点见到海岸线，她实在太想家了，想亨亨爷爷和逗逗、闯闯。

　　喜喜哥看出了她的心思，就常来陪伴她玩。

　　"小活宝，想看看船上的生物实验室吗？"

　　"这船上还有生物实验室？喜喜哥，快领我去参观参观！"

　　"雪鸥号"是一艘综合性的科学考察船，船上有各类实验室，但是小活宝以往来去匆匆，根本没有好好注意过。当她随喜喜哥进入生物实验室时，立刻被一只只洁净的玻璃水柜和在柜中栖息悠游的各色各样海洋生物吸引了。

　　这些海洋生物显得有些与众不同，如本来在暖水里生活的热带鱼，如今却在气温很低的冷水中自自在在地嬉戏；有的分明是淡水里的鲤鱼、鲫鱼，现在却在盛满海水的水柜里安家；那原来很小很小的海马，不知怎的，在这里变得几乎像大龙虾那么大。啊呀，这哪里是什么海生物实验室？分明是个魔术宫嘛！

　　"真有意思，我觉得这儿的一切都和我以前见过的不一样！"小活宝搓搓眼，"喜喜哥，不是你在搞什么鬼，让我产生幻觉——就像看海

市蜃楼那样，其实都是假的，对吗?"

"谁跟你开玩笑? 这是科学! 你真是鼠目寸光! 来，我带你细细看。"喜喜拍了拍小活宝的脑袋。

经过喜喜哥一一介绍，小活宝才觉得自己还真是鼠目寸光呢!

奇迹实际上都是生物工程创造的!

那些美丽的热带鱼，原来加入了从冷水鱼体中提取的抗冻蛋白基因，所以提高了抗寒能力!

"这么说，把热带鱼的耐热基因，转移给冷水鱼类，它们也可以迁往热带了?"小活宝问。

"没错!"

那么，那些淡水鱼怎么到海水中安家的呢? 喜喜哥告诉小活宝，海洋鱼类适应海水中的盐度，是受鳃中"盐腺"的调控。生物学家改变了某些淡水鱼对盐度的适应能力，所以，它们当然也可以"以海为家"了!

至于海马是怎么变大的? 原来，生物学家改变了它们的遗传基因的结构，还为它们注射了生长激素! 难怪它们成了海马中的"巨人"!

科学家真伟大，他们用智慧为人类创造奇迹! 小活宝心里想着，忽见那只栖息着海马的玻璃柜中，小海马们正在逗闹。她不由地走过去，用手指轻轻弹弄玻璃。这一弹，可把小海马吓坏了。它们不顾一切，纷纷朝一只雄性大海马游去，悄悄儿躲进它腹中的育儿袋。

"瞧，它们在父亲的保护下，真开心!"喜喜哥对小活宝说，"你有阿爸的爱护，真好! 可是我，连阿爸的模样都记不清了。听说他是一位出色的船长，我才三岁时，他就在一次海难中丧生了。我多么希望自己能再有一位阿爸啊!"

小活宝头一次见喜喜哥的眼中充满泪花，心中很难受。她走过去，紧紧拉住他的手，轻声说："别哭，喜喜哥! 我想，你迟早会有阿爸的!"

两个孩子在生物实验室内谈得挺融洽，扩音机传来船长沉稳的声音：

"……'雪鸥号'接到考察局通知，今夜有强风暴，为保证打捞出的古船安全，本船临时到月儿岛抛锚避风，请大家作好靠岸准备！"

这消息使归心似箭的小活宝有点失望，却使喜喜十分高兴。因为他听说，月儿岛上有不少聪明可爱的海狮，现在正是了解它们的极好机会！

月儿岛真是名符其实！它像一轮弯弯的上弦月，镶嵌在碧波粼粼的大海上。"雪鸥号"刚进海湾，就见到滩涂上有一群海狮在岩礁上、海岸边玩耍。

见"雪鸥号"靠近，立即有几头海狮吼叫起来，向它的伙伴们发出警告信号。整群海狮随之一哄而起，向不同方向的海中逃跑。直到"雪鸥号"拖着古船安安静静抛锚之后很久，它们才又陆续返回。也许这座小岛少有人来打扰，海狮们见到小活宝、阿爸、彭阿姨、喜喜哥显得十分惊慌，总是尽量和他们保持距离。

"嘿，刚才那两头海狮的吼声真像狮子，难怪人家叫它们海狮呢！"喜喜问，"妈妈，您瞧，它们大的有三米多长，小的也有两米多长，怎么这么庞大强悍的海兽，却这么胆小如鼠？'雪鸥号'离那么远，它们就惊慌失措了？"

"可不是吗？晚上睡觉，它们还专门派一两名'值班员'担任警戒，一有风吹草动，就发信号逃跑！"彭阿姨笑着，抓紧时机为海狮们录像。小活宝看到有头小海狮圆头圆脑，黑亮的皮毛闪出莹莹的蓝光，浓密的胡子，圆溜溜的眼睛，十分惹人爱。她蹑手蹑脚走近它，想摸它那柔韧的绒毛。

"呼噜"一声，有头大海狮不顾一切地冲了过来，一口衔住海狮，蹒跚地爬到岸边"扑通"地跳进海水。哦！准是那位小海狮的妈妈，深恐自己的小宝宝受伤害，赶紧叼走了心肝宝贝！

阿爸告诉小活宝，海狮虽然一生大部分时间在海中巡游觅食，但是十分眷念生育它们的故乡。每年不惜千里迢迢，越洋过海，也要返回陆地故乡来养儿育女。它们集中的地方，就成了繁殖场。

说着，就听到熙熙攘攘的繁殖场外，传来一阵阵吼叫声。另一头小海狮立即仰起脖颈，应声回答，欢乐地扭动身躯，向叫唤它的大海狮奔去。哟，又是一幅母子重逢的动人场面：海狮妈妈来到小海狮身畔，用鼻子闻闻它的宝宝，用含情脉脉的目光打量小海狮一番，便开始给它的宝贝疙瘩喂奶。小海狮依偎在妈妈怀里，幸福地眯上眼，吸吮着甜甜的乳汁。

"阿爸，阿爸，"小活宝深受感动地说，"海洋动物都能享受到母爱，我也多么想有个妈妈来疼疼我，亲亲我啊！就像喜喜哥想有个阿爸一样，我心里也巴望着有一位阿妈哩！"

阿爸把小活宝的肩膀揽住，冲着彭阿姨咧开大嘴笑了。

"你看你看，我这机器人小丫头多么贪心啊！有了我这个阿爸还不知足，还想要阿妈！啧啧啧啧！我可让她将了一军啰！"

"可不是吗？上一回她让你学鱼儿叫，叫出个阿妈来。今天她见到海狮，触景生情，再次让你为她找阿妈，这孩子呀！心里真想有个妈呢！"彭阿姨笑着，笑着，不知为啥，竟在阿爸灼灼的目光注视下，红了脸。

"雪鸥号"船长用手提话筒召唤岛上的人该回船了。天色黯淡下来，风一阵比一阵地大起来。月儿岛和一群群海狮被冷峻的暮色笼住。睡在船舱的木板上，小活宝还在惦念着小海狮和它们的妈妈：风这么大，它们冷吗？

寻得父母归故里　机器娃娃喜泪流

　　咆哮的大风，把船吹得咣当咣当地响，小活宝实在睡不着。听到舷窗外的甲板上有人轻轻走动，索性起身出去看看。

　　那是老船长在值班巡视。他一会儿看看装瓷器珍宝的集装箱，是否拴得牢固；一会儿瞧瞧船尾拖带的大古船，是否是安然无恙；他还时时弯腰拣拾舷梯、过道上被风吹刮倒的障碍物……

　　"谁?"发觉有人跟踪，他警觉地扭转头。

　　"我……小活宝，船长爷爷，没吓着您吧?"

　　老船长布满皱纹的脸上，绽出难得的笑。他此刻很理解小活宝的心境，竟同意让她陪伴他值班、巡视。还告诉小活宝，在海上漂泊了几十年，这是他站的最后一班岗了!"雪鸥号"到达目的地后，他就要退休。

　　"心里的滋味不太好受啊，孩子。"老船长在甲板上，眺望风暴渐渐平息了的海面，"眼看老了，要离开自己挚爱的工作岗位，真舍不得哩!"

　　朦胧的夜色，遮不住老船长饱经风霜的愁容："唉!航海的职业寿命太短，往后，我能干啥呢?"

　　小活宝突然想起那天的日出，想起和亨亨爷爷在一起时受到的启迪，决心要帮老船长振作精神。于是她搜肠刮肚，终于想到亨亨爷爷对她讲起过的"衣塔粒子"。

"船长爷爷，您一定知道，世间万物，都是由很小很小的粒子组成的！"

"对啊，那又怎样呢？人生也像一颗粒子，生命短暂，转瞬即逝！"

"听说，有一种神奇的'衣塔粒子'，寿命不到 1000 亿亿分之 7 秒，是粒子王国里寿命最短的一个。可是它在那短暂的一瞬所发出的能量，却高达 549 兆电子伏特——船长爷爷，您一生为航海事业作出了贡献，就和'衣塔粒子'一样，很光彩呢！更何况，您退休后，还可以像我亨亨爷爷一样，写点儿什么——譬如，写写您航海生涯中的所见所闻，一定挺有趣又有意义！"

东方的曙光透过灰蒙蒙的云，撒出一缕缕金线、银线。船长沉思良久，忽然双目生辉。他把小活宝抱起，扬起略略发白的眉毛，呵呵笑着说："哎嗨嗨！你这机器人小姑娘真不简单！居然让我这老头儿开了窍！可不是嘛，人生只要放过光彩，就没有虚度年华。再说，我还有许许多多的事可做呐！嘿嘿，你果然是个极可爱的小活宝！"

"哎哎，我这女儿，可是个'金不换'的小活宝哦！"阿爸不知什么时候冒了出来，很自豪地喊着，朗朗的笑声和老船长的笑声融合在一起，把一群沉睡的海狮惊醒了，也跟着吼叫起来。

老船长精神抖擞地登上驾驶舱，亲自把船笛鸣响。

"雪鸥号"拖着古船，告别月儿岛和嘈叫的海狮们，向目的地——中国北方的一个繁华港口驶去。

一群白色的海鸥向考察船迎来。小活宝经过多次的海上颠簸，早已知道，只要见到海鸥，就离岸不远了！

海平线渐渐清晰。影影绰绰的高楼，停泊着的大船，船上缓缓转动的吊车，历历在目。

按照惯例，从遥远海域打捞沉物归来，船上人员需在靠港口前作免疫检查。"雪鸥号"停泊在海湾，有艘小摩托艇把两名医生送上船

来。其中一名医生和船长耳语一阵之后，含笑向小活宝走来。她是一位精明的中年妇女，什么也没说，只是仔仔细细检查了小活宝的眼睛，然后以检查身体为由，让小活宝"安眠"半小时。

半小时后，阿爸含笑唤醒小活宝，告诉她，天津港到了，准备上岸吧！

啊啊，那不是亨亨爷爷吗？他乐哈哈地张开双臂，把从"雪鸥号"舷梯上冲下来的小活宝紧紧地、紧紧地揽进怀里！

码头上红旗招展、锣鼓喧天，人们兴高采烈地欢迎"雪鸥号"拖带着古船和财宝凯旋而归。小活宝知道，现在无论说什么，亨亨爷爷也听不清。她只是紧紧地依偎在爷爷的身边，头一次见到这么热闹的场面。锣鼓声停下后，那位高高大大的海洋考察局局长，通过麦克风发言。他首先感谢海洋科学家们、全体古船打捞队队员、"雪鸥号"全

体船员为国家做了一件十分有益的好事，然后他说：

"我们的祖先，很早就开始了航海活动，早在西周时期，就有了与朝鲜、日本、东南亚的海上交往。到了汉武帝时，我国的海船就能沿东南亚海岸向西航行，穿过马来半岛，进入孟加拉湾，到达印度。大约在公元 2 世纪的东汉时期，已形成两条海上丝绸之路：一条东线，通往朝鲜、日本；另一条西线，通往印度洋。海外贸易不断发展，海上丝绸之路一直延续到唐代、宋代和明朝。随着我国古代瓷器的发明、兴盛，海上丝绸之路发展为'丝瓷之路'。我国的古瓷质量好、造型美、图案优雅，许多外国人认为这些古瓷是一种文化的体现，所以，比黄金更珍贵——现大家该明白了：国家海洋考察局，为什么要为我们的女博士彭海芬、我们的少年科技宫的优秀生喜喜、我们聪明能干的机器人小姑娘周海宝记功、戴红花了——正是他们，用无畏的探索精神，找到了这艘价值连城的海底古船！"

雷鸣般的掌声中，考察局局长为三位立功者戴上了红艳艳的大红花儿。小活宝的脸蛋儿，在红花映照下，显得格外地美丽动人！

简单的欢迎仪式刚结束，一阵熟悉清脆的小船鸣笛声，撩得小活宝心里痒痒的：是"小天使号"来接她回家了！遥遥望去，逗逗姐、闯闯，正使劲儿向她招手呢。小海豚阿勇蹿出水面，首先向她游来。

"阿爸，我们一道回亨亨爷爷家！"

"你先回去，"阿爸神秘兮兮地冲小活宝挤挤眼，"你过生日那天，我要给你带去一件最好的礼物——是你朝思暮想的！"

小活宝告别了彭阿姨、老船长、喜喜哥，嘻嘻哈哈地和亨亨爷爷一同登上了"小天使号"……

今天，是小活宝的一岁生日。不，依小活宝的意见，算是十岁生日。亨亨爷爷和奶奶，查教授和他的夫人，为她做了精心的准备。一切就和她当初在"雪鸥号"上想象的一模一样：蛋糕、蜡烛、逗逗和闯闯的笑脸，都令她激动。阿爸打来电话，说很快就乘飞机赶来团聚。

可是小活宝的心灵深处仍觉得有一丝缺憾。

门铃响了，阿爸捧着一束鲜花喜滋滋地进了门。小活宝扑到他怀里，接过鲜花。

"谢谢阿爸，这花真好看！"

"还有真正的礼物呐！喏，闭上眼。"阿爸神气活现得像个大孩子，"一——二——三，睁眼！"

啊哈！打扮清丽笑容可掬的彭阿姨站在了小活宝跟前："孩子，叫我妈妈！是你让阿爸学鱼叫，把我叫来啦！我和你阿爸已经结婚了。喏，再闭上眼，还有礼物呐。"

随着彭阿姨清亮的"一——二——三！"喊声，小活宝再次睁开眼时，神采奕奕的喜喜哥又"变"了出来。真是喜出望外啊！

"阿妈！"小活宝一头扎进彭阿姨怀里。她又高兴、又感动，呜呜地哭了。

"咦？我有眼泪啦！我有眼泪啦！"

满面泪珠的小活宝，泪水未干，又嘻嘻的笑了。原来，是亨亨爷爷变的"魔术"，他请机器人公司精心设计了泪腺，就在那位女医生上船，请小活宝"休眠"半小时的时候，为她"动了小手术"。

"祝你生日快乐，祝你生日快乐……"

在一片欢乐温馨的祝福歌声中，亨亨爷爷家的那只大懒猫，也喵呜喵呜地叫开了。

"我要加倍努力，成为第一流的机器人小姑娘！"

对着亮闪闪的十支生日蜡烛，小活宝极其认真地、虔诚地默默"许愿"。

尽管机器人是不吃蛋糕的，但小活宝还是在阿爸、亨亨爷爷的帮助下，切开那块又厚又香的大蛋糕，把它们分送到大家的手中。

小活宝的心里美美的、甜甜的！